ポール=ヴェルレーヌ

ヴェルレーヌ

• 人と思想

野内 良三 著

121

Century Books 清水書院

はじめに

生前は大詩人ともてはやされたのに死後急速にその評価が下落してしまう詩人がいるものだ。もっとも忘れ去られてしまったわけではない。その証拠には、どんな文学史にもちゃんとその名を連ね、教科書や詞華集の類いにはその作品がかならず何編か採択される。それなのにどういうわけかさっぱり批評の対象にならない、そんな詩人がいる。要するに人気はあるが問題的ではない詩人。私たちはポール＝ヴェルレーヌのことを考えているのだ。ヴェルレーヌと並び称されるマラルメやランボーに関しては評伝や研究書が次々と刊行されている。それにひきかえわが詩人に関してはほんの数えるほどしかない。

いま話した消息は本国フランスでのことであるが、わが国ではどうだろうか。ヴェルレーヌのきちんとした紹介は、詩人の死（一八九六）に際してその追悼文を「帝国文学」誌上に寄せたこともある翻訳王・上田敏が『海潮音』のなかで「よく見る夢」「落葉」「譬喩」の三編を見事な日本語に移したことから始まった。明治三八（一九〇五）年のことである。八年後の大正二年には永井荷風が『珊瑚集』のなかで「ぴあの」ほか六編を訳している。大正の後半を迎えると、川路柳紅と竹友藻風がそれぞれ『ヴェルレーヌ詩集』を世に問うている。昭和にはいると私たちにも馴染み深い堀口大学や鈴木信太郎の翻訳が登場することになる。以来、現在に至るまで幾種類もの『ヴェルレーヌ詩集』が出ていることは、わが国でのこの詩人の根強い人気を物語っているだろう。

しかしながら面白いことは、日本でもまた本国フランスと似たような状況が再現されていることだ。歌は口ずさまれるのに話柄《わへい》に上らないのだ。信じられないことだが、永らくヴェルレーヌに関するまとまった研究書は昭和二（一九二七）年に刊行された堀口大学の『ヴェルレーヌ』（東方出版社）しかなかった（もっともこの本はこのあと版元を二度変えて再刊されることになるが）。フランスだけでなく日本でもやはりヴェルレーヌが批評の対象になることが極めて少ないということは興味深い事実だ。この事実はこの詩人の本質と深く関わっているにちがいない。この点については本文にはいってすぐに問題にしたい。

しかしながら、こうした日本におけるヴェルレーヌ紹介の空白が数年前から徐々に埋められるようになったことは喜ばしいことだ。というのも、ピエール＝プチフィスの定評ある評伝（一九八一年刊）が五年前（一九八八年）に翻訳されたからだ。この実証的な長編評伝によって私たちに、詩人の生涯について多くの貴重な情報が提供された。さらにあとを追うように二年後、山村嘉己氏の労作『土星びとの歌――ヴェルレーヌ評伝』が刊行された。ヴェルレーヌに関する単行本としては堀口大学以来、実に六三年ぶりの快挙である。

ご覧のとおりヴェルレーヌ紹介をめぐる状況も少しづつよくなってきているようであるが、ヴェルレーヌはもっと活発に論じられてしかるべき詩人だと思う。それだけの問題を孕《はら》んだ詩人のはずだ。いま求められているのは、さまざまな立場からのヴェルレーヌ論だろう。あえて本書を世に問うゆえんである。

ヴェルレーヌは波乱に富んだ生涯を送った詩人である。エピソードにはこと欠かず、けっこう読者の興味をつなぐことはできる。ただ、エピソードに目を奪われて詩人の本質を捕まえそこねる恐れがなきにしもあらずだ。本書では数あるエピソードのなかから詩人の作品に光を当てる重要なエピソードだけに絞った。晩年も思い切ってエピローグ的に処理した。

ヴェルレーヌは象徴主義の詩人としては多作の詩人である。その作品は玉石混淆《こんこう》で名作、佳作も多い代わりに、通俗歌謡に堕している作品やエロチックな際物的な作品も決して少なくない。なるべくヴェルレーヌの本領を伝える作品を厳選して俎上《そじょう》に載せるようにした。要するに、枝葉を刈り取りメリハリをつけて、限られた紙幅のなかでヴェルレーヌの本質像を結びたいと思ったわけである。

ところで、ヴェルレーヌの生涯と作品は深く関わっているのだが、一見ひどくかけ離れたような印象を受けることも否定できない事実だ。あのデカダンな泥だらけの人生からどうしてあの陰影にとんだ美しい作品が産み出されたのか。これはヴェルレーヌの作品に接する誰もが抱く素朴な疑問だろう。思うに、素朴ではあるがこの疑問こそこの詩人の秘密を解く鍵を提供している。泥の人生から黄金の作品が生まれる。ヴェルレーヌの錬金術の秘密はなにか。結論を先に言ってしまえば、それはヴェルレーヌの「優しさ」ではなかったかと思う。この結論自体は大したことではない。大したことは優しさを身をもって実践することだ。ヴェルレーヌの生涯とは優しさの完全燃焼にほかならなかった。ヴェルレーヌの生涯と作品に本質的な「優しさ」を見届けること、「俗に入って俗を出でる」ヴェルレーヌの姿を描き出すこと、それが本書の狙いであると言えば言えるだろうか。

最後に老婆心めいた注意を一言。第Ⅰ章はヴェルレーヌの詩業を正確に査定するために文学史的考察を含んでいる。そのため内容が少し重くなっている。抵抗を感じる読者は第Ⅱ章から読み始めて、第Ⅰ章は最後に回す方がよいかも知れない。

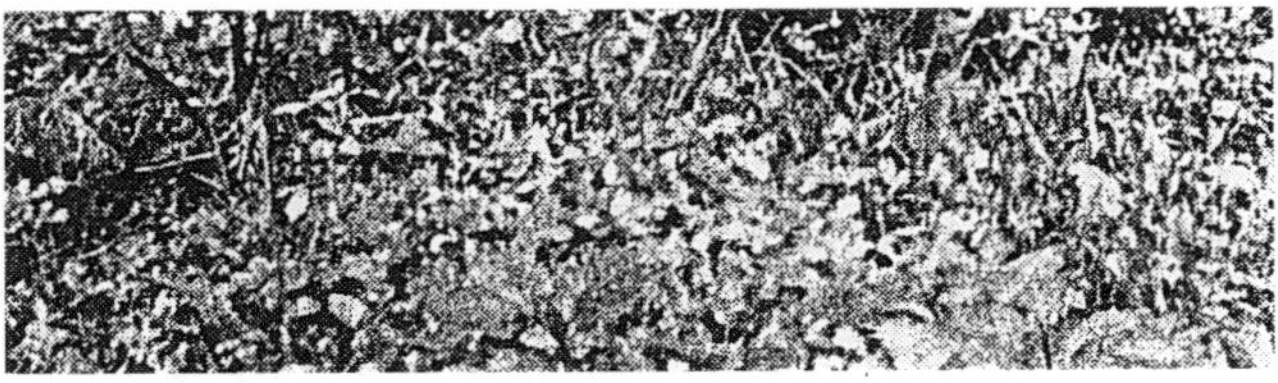

目次

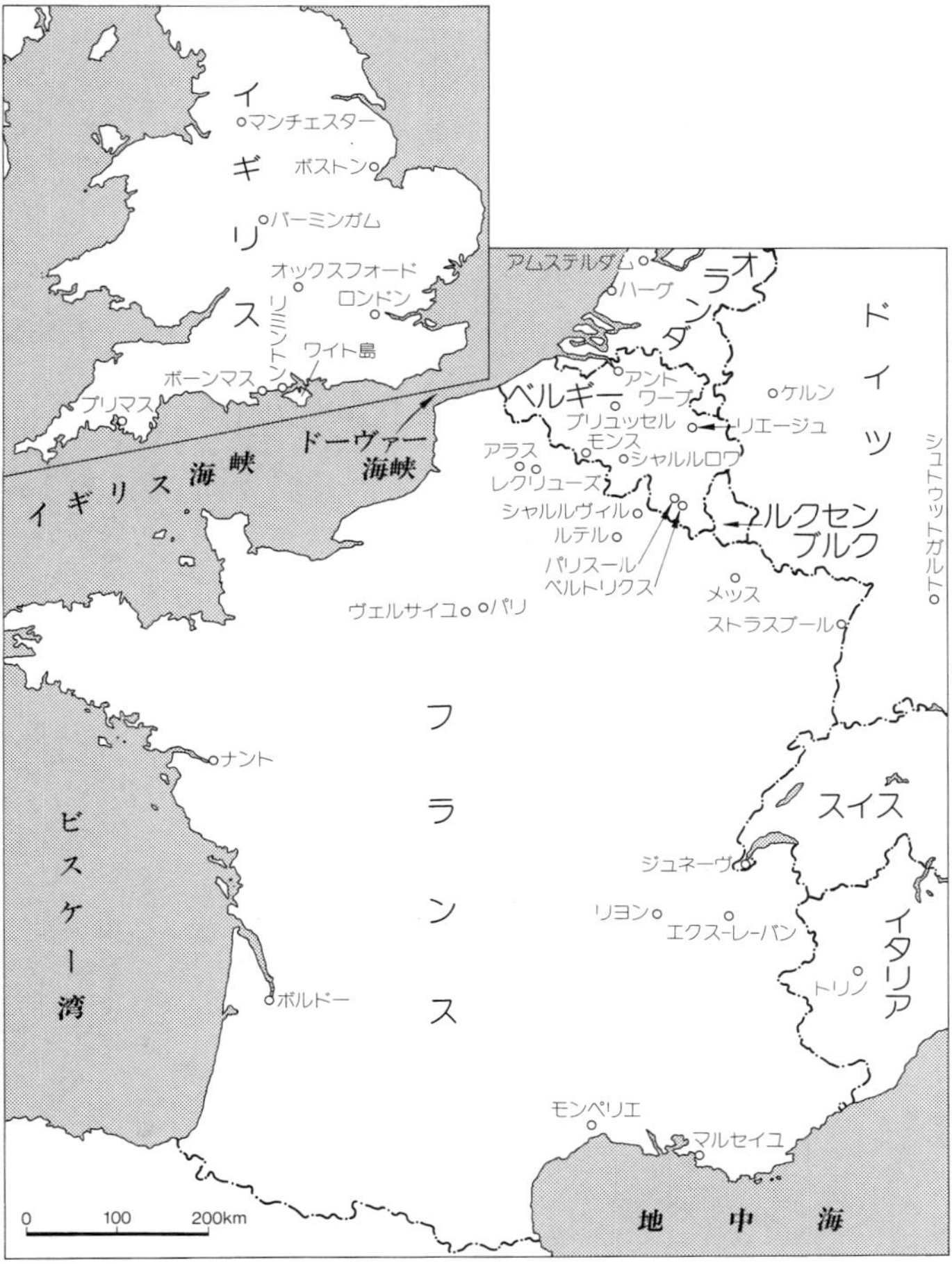
イギリス
マンチェスター
ボストン
バーミンガム
オックスフォード
ロンドン
リミントン
ワイト島
ボーンマス
プリマス
ドーヴァー海峡
イギリス海峡
アムステルダム
ハーグ
オランダ
ドイツ
アントワープ
ベルギー
ブリュッセル
ケルン
リエージュ
モンス
シャルルロワ
アラス
レクリューズ
シャルルヴィル
ルテル
ルクセンブルク
パリスール
ベルトリクス
メッス
ストラスブール
シュトゥットガルト
ヴェルサイユ
パリ
フランス
ナント
ビスケー湾
スイス
ジュネーヴ
リヨン
エクス-レ-バン
イタリア
トリノ
ボルドー
モンペリエ
マルセイユ
地中海
0
100
200km

ヴェルレーヌ関係地図

Ⅰ　ヴェルレーヌを求めて

ヴェルレーヌの位置

ヴェルレーヌと日本

秋の日の
ヴィオロンの
ためいきの
身にしみて
ひたぶるに
うら悲し。

鐘のおとに
胸ふたぎ
色かへて
涙ぐむ
過ぎし日の

おもひでや。

げにわれは
うらぶれて
こゝかしこ
さだめなく
とび散らふ
落葉かな。

上田敏の名訳によってヴェルレーヌはわが国でも最も名前を知られたフランスの詩人の一人であろう。あるいは堀口大学の名訳によって。

巷《ちまた》に雨の降るごとく
わが心にも涙ふる。
かくも心ににじみ入る
このかなしみは何やらん？

右に写した二編がとりわけ人口に膾炙《かいしゃ》したのは、訳詩の見事さもさることながら、そこに見られる叙景に仮託して心象《しんしょう》風景を暗示するヴェルレーヌの詩風が花鳥風月に託して叙情を展開する和歌と相通ずるところがあるからにちがいない。海の彼方の雄弁調の叙事詩や、激情的な叙情詩は、もののあわれや奥ゆかしさをよしとする寡黙な短詩型文学の伝統が支配する日本人の肌には合わない。抑えぎみの短い叙情詩が日本人の琴線に触れる。ハイネの詩が愛唱されるゆえんである。そういえば、ヴェルレーヌが死んだとき、その詩業を讃えてモーリス＝バレスが「われわれのハインリヒ＝ハイネ」と呼んだことが想い起こされる。

ヴェルレーヌという詩人は作品が人気がある割には作者の影がひどく薄い。その実像はあまり知られていないのではあるまいか。実際のところ、前掲の二編によって詩人の像を結んでいる人々もけっこう多いはずだ。現在では古風になってしまった形容をまじえて言えば、マロニエの木陰のベンチに腰をおろして長髪をかきあげながら世をはかなむ、碧眼白皙《へきがんはくせき》、長身瘦軀《そうく》のアンニュイで気むずかしそうな詩人を人はイメージするかも知れない。多少フランス文学に関心の深い人にとっても、ヴェルレーヌはせいぜいのところランボー伝のひきたて役として思い出されるにすぎまい。

ヴェルレーヌは知名度の割にはわが国での詩人としての評価が低い。今わが国でといったが昨今の本国のフランスでもと言い添えるべきかもしれない。ヴェルレーヌに関連して思い出される象徴主義にゆかりの深い詩人の名前、たとえばボードレール、ランボー、マラルメなどを挙げるだけでもその消息は明らかである。どうしてなのだろうか。理想と現実、善と悪、知性と官能の両極で引き裂かれ屈折するボードレールの、近代的意識の明晰地獄のおどろおどろしさ。「自由なる自由」を求めてキリスト教的＝ブルジョワ的西欧文明に敢然と反旗を翻すランボーの、逃亡と反逆の激越さ。「空位の時代」に絶対的なるものを求めて詩的言語空間の構築に挺身《ていしん》するマラルメの殉教者的純粋さ。ヴェルレーヌにはボードレールやランボーやマラルメに見られる張りつめた思想的葛藤がない。あるのは滅びゆくもの、消えゆくものへの共鳴、逡巡《しゆんじゆん》する優柔不断さ、あるいは無思想性。ジャン＝ピエール＝リシャールが『詩と深さ』のなかで「ヴェルレーヌの枯淡《こたん》さ（fadeur）」を指摘するわけである。詩人としてヴェルレーヌが高い評価を得られない理由はどうやらその思想や生き方に見受けられる不徹底性や曖昧性にあるようだ。

しかしながらヴェルレーヌの人間としての弱さである無思想性、それこそが彼のポエジーの本質を形づくり、その魅力を醸成しているものなのだ。そして生前、それから死後のある時期までヴェルレーヌはボードレールを別格とすれば、ほかの二人の詩人よりもはるかに高い評価を得て、「大詩人」と遇されていたのである。その経緯を納得するためには、忘却の中からヴェルレーヌを呼び出して、フランス詩の流れのなかに、また一九世紀後半の時代状況のなかに正確に位置づける必要があるだろう。

詩の影の薄いフランス文学　「明快でないものはフランス的ではない。」これはリヴァロルの有名な言葉であるが、フランス文学（文化）の特質を見事に言い当てている。フランス人は言語表現における曖昧さを極度に嫌う。曖昧さを嫌うだけではない。だらだらとした締まりのない表現を嫌い、歯切れのよい簡潔な表現を好む。この上さらに、エスプリのきいた洗練された優雅な表現であれば言うことなしである。明快、簡潔、優雅、この三つがフランス文学の特質をなすと言ってもよいであろう。

フランス人は寸鉄釘を刺すような表現を好む。たとえばラ＝ロシュフコーの有名な「われわれの美徳とは、ほとんどの場合、偽装された悪徳に過ぎない」とか、パスカルの「人間とは考える葦《あし》である」とか……。人間を冷徹に観察し、その本質をずばりと表現するモラリスト（人間性探求者）の文学がフランス文学の重要な伝統の一つを形作るのもゆえなしとしない。

フランス人は根本において言葉の二様の意味でレアリスト（現実主義者／写実派）である。表現の明晰さを尊ぶフランス人の言語意識、モラリスト文学に代表されるフランス人のレアリスム的傾向。フランスという国が本質的に散文の国であることは、このようなフランス人気質と無縁ではないだろう。フランス文学は偉大な散文作家を昔から今日に至るまで次々と輩出してきたが、残念ながら大詩人の登場は間欠的である。フランス文学における詩の影は薄い。

たとえばギリシア文化を彫刻的と形容しうるとすれば、ドイツ文化は音楽的（ディオニュソス的）

であり、フランス文化は絵画的（アポロン的）であるといえるだろう。ドイツ文化とフランス文化の対照性は鮮やかと言うべきだ。ドイツ文化の特徴は音楽的であると同時にロマン主義的なことである。この両者はあいまって内向的観念性を形作ることになる。それにひきかえフランス文化の特徴はすでに触れたように、絵画的であると同時にレアリスム的——芸術的立場としての写実主義と行動の原理としての現実主義という二重の意味で——である。この両国の文化的差異をよく示す例はロマン主義の両国での現れ方に見られるだろう。ドイツ文学に大きな影響を受けたフランス・ロマン主義はドイツ流の観念至上主義・夢幻性になじまず、結局はレアリスムに傾くことになってしまった（ロマン派の作家バルザックやスタンダールの写実主義と、ロマン派の詩人ラマルチーヌやユゴーの政治的活動を想起せよ）。

フランス文学は外向的現実主義に支配されている。自己の内面に閉じ籠り、観念の世界を飛翔《ひしょう》することは少ない。フランスは心理小説の長い伝統があるが、これは人間の心の観察であり、解剖である。それは、いってみれば心理分析のレアリスムである。人間の魂を内から歌う叙情詩の伝統はフランス文学ではついに育たなかった。フランス叙情詩の流れは途切れ途切れで、忘れた頃に氾濫《はんらん》する。

散発的な詩的爆発

フランスの叙情詩は散発的に爆発した。一二世紀のトルバドゥール（南仏吟遊詩人）の恋愛叙情詩。中世末期のフランソワ＝ヴィヨンの狂い咲き。一六世紀のピエール＝ロンサールを中心とするプレイヤッド詩派。ラマルチーヌ、ヴィニー、ユゴー、ミュッセなどを輩出した一九世紀前半のロマン主義。世紀末の象徴主義。二〇世紀の、両次大戦間に炸裂《さくれつ》したシュールレアリスム。フランス叙情詩を鳥瞰《ちょうかん》し、大きな詩的うねりに注目すれば、以上のとおりであろう。

フランス文学は他のヨーロッパの文学と違い、長い期間にわたり大作家が切れ目なく登場し、フランスを代表する作家を一人に限定できないという贅沢な悩みをもっている。たとえばスペイン文学のセルバンテス、イタリア文学のダンテ、イギリス文学のシェイクスピア、ドイツ文学のゲーテといった具合に。モンテーニュ、ラシーヌ、ヴォルテール、ユゴー、バルザックなど候補者はいくらでも挙げられるがどの一人をもってしても多面的なフランス文学を代表させることは無理だ。これだけ多くの大作家を中世から現代まで途切れることなく生み出してきたヨーロッパの国はない。それだけに詩的爆発の散発性が目につくわけである。一九世紀末のサンボリスム（象徴主義）はその数少ない詩的爆発の一つであり、それはまた、レアリスム的なフランス－ロマン主義を本来の形に戻そうとする運動でもあったのだ。サンボリスト（象徴派）たちはドイツ文学の影響をあまり口にしないが、そのイデアリスム（理想主義・観念至上主義）一つを取ってみてもロマン主義的性格を帯びている。サンボリスムなどという誤解を呼ぶ人騒がせな曖昧な呼称よりも、むしろネオ＝ロマン主義と呼ぶにふさわしい文学運動である。

象徴主義と音楽

ウォルター＝ペイターは名著『ルネサンス』のなかで「すべての芸術はたえず音楽の状態にあこがれる」と立言したが、明晰を旨とするレアリスム的傾向の強いフランス文学では流動的で曖昧模糊《もこ》とした音楽性の追求は徹底しておこなわれることが少なかった。ネオ＝ロマン主義としての象徴主義こそがフランス文学史上では例外的に音楽性の追求を前面に打ち出したのだ。象徴主義の定義はその運動自体が離合集散の繰り返しで、多面的性格を帯びているためなかなかすっきり下せないが、ヴァレリーのひそみに倣ってその音楽性の追求のなかに象徴主義の最大公約数を求めることができるだろう。

「象徴主義と名づけられたものは、いくつかの詩人集団（お互いどうし敵対し合ってさえいたのだが）に共通してみられる《音楽から彼らの富を奪い返す》という意図にごく簡単に要約される。」（リュシヤン＝ファーブル著『女神の認識』への「序文」）

音楽性の追求に象徴主義の共通の目標を求めることができるとすれば、「何よりもまず音楽を」と訴えたヴェルレーヌが象徴主義のなかで重要な位置を割り振られるのはけだし当然ではなかろうか。また、巨視的にみれば「音楽」と「陰影」を礼賛する彼の「詩法」は明快さとレアリスムを本質とするフランス文学へ新風を吹き込んだのである。ラシルドの有名な言葉を借りればヴェルレーヌは「窓をあけたのだ」。

何よりもまず音楽を、
そのためには「奇数脚」を選ぶがよい、
朦朧《もうろう》として虚空《こくう》に溶けいりそうな、いかめしさも気取りもないこの調べ。

そしてまたいささかも過《あやま》たずに
言葉を選ぼうと夢思うな。
「定かならぬもの」と「定かなるもの」の融け合った
灰色の歌よりも素晴らしいものはほかにない。

それはヴェールの奥の美しい瞳、
それは真昼のふるえる陽光、
それはほのあたたかい秋の空に
青白く散り乱れるすんだ星影！

そのわけはぼくらは「陰影《かげ》」を望むから、
「色彩《いろ》」ではなくて、ただ「陰影《かげ》」だけを！
ああ！　夢と夢、フルートと角笛とを
めあわせるのはただ「陰影《かげ》」のみだ！
（「詩法」）

象徴主義のパイオニア
――ヴェルレーヌとマラルメ

ヴェルレーヌはマラルメとともに象徴主義運動のパイオニアに担ぎだされた。両者とも高踏派の詩人としてデビューしたが、一八七〇年代にはすでに独自の詩境を歩んでいた。一風変わった詩人としてある程度の注目は集めていたが、ほとんど理解されていなかった。文学界を席巻《せっけん》していたのは《ルーゴン＝マッカール双書》を矢継ぎ早に世に問うていたゾラを中心とする自然主義であった。彼らは科学的＝唯物的世界観（決定論）で理論武装して、現実の厳しさ、醜悪さ、人間の獣性をことさらに暴きたてた。いっぽう詩の世界では、不感無覚（impassibilité）の写実主義を唱える高踏派が詩壇を制していた。

科学が約束した物質文明の虚飾を感じ取り、精神的なものを求めた一八八〇年代の若い詩人たちは内面世界に眼を向け、科学的決定論や合理主義では律しきれない人間精神の広さと深さ（無限性）に想いを馳せた。彼ら若い詩人たちは高踏派の絵画的写実主義に飽きたらず、内面世界の微妙な動き（内的音楽）を表現しうる新しい方法を模索しはじめた。内面世界の流動的表現を求めて言

マラルメ

葉の象徴性（暗示性）や音楽性の開発としなやかな新しい詩形の探求とに乗り出していたのだ。彼らは次々と文学集団を結成し、機関誌を創刊し、宣言を乱発した。いろいろな文学カフェと文芸誌が登場し泡《ほう》沫《まつ》のごとく消えていった。こうした一連の動きから見て取れるのは、若い詩人たちがヴェルレーヌとマラルメの中に自分たちの手本を見いだし、この二人の先輩詩人を自分たちの師匠と仰ぐようになったことである。

無理を承知で敢えて整理すれば、麻のごとく乱れる一八八〇年代から世紀末にかけての文学的状況を二つの流れに分かつことができる。パリ左岸の文学カフェを拠点にして「酔っぱらった神」ヴェルレーヌを師と仰いで結集したデカダン派（むしろヴェルレーヌ派と言うべきか）と、マラルメがパリ右岸のローマ街の自宅で開いた文学サロン「火曜会」に参集した象徴派（むしろマラルメ派と言うべきか）である。

広義に解された象徴主義とは——わが国ではもっぱらこの意味で受け取られているようだが——ボードレールからヴァレリー、クローデル、プルーストに至る一九世紀後半から二〇世紀前半を包含する一大文芸思潮を指す。すなわち、ボードレールによって開拓され、マラルメ、ヴェルレーヌ、ランボーらによって深められた詩の革新運動が試行錯誤を経ながらもヴァレリー、プルースト、クローデルらによって見事に総合されて、大輪の美しい花を咲かせたという解釈である。狭義に解された象徴主義とは上記の二つのグループに参加した若い詩人たちの試行錯誤に満ちた文学運動――広義に解された象徴主義と区別するために以下「象徴派」と呼ぶこともある――を指す。主だった人たちの名前を挙げておくと、ギュスターヴ＝カーン、ヴィエレ＝グリファン、スチュアール＝メリル、ジャン＝モレアス、ルネ＝ギル、アンリ＝ド＝レニエ、モーリス＝メーテルランク、エミール＝ヴェラーレンらである。

等しく若い詩人たちから師と仰がれたヴェルレーヌとマラルメであるが、同時代との関わりという点からみるとヴェルレーヌの貢献度（影響力）がはるかに高い。マラルメよりヴェルレーヌの方が早くから理解されたし、自ら求めてそれなりの働きかけもしている。一八八五年七月五日の「リュテス」誌上に次のような記事が見える。

「その脚は平凡さの透明な小川に漬かり、その天辺は捉え難きものの靄《もや》のなかに浸る文学的梯子のなかで、ポール＝ヴェルレーヌは一番上の横木だ。さらに上には、不可解の暗い深淵がある。それはマラルメだ。」

この記事はヴェルレーヌがそれなりに理解され、共感を得ていたこと、マラルメがほとんど理解されず、敬して遠ざけられていたことをよく示している。事実、マラルメ自身も象徴主義との関わりを否定するような発言をしている。一八九一年に「エコー＝ド＝パリ」紙上でジュール＝ユーレは有名なアンケート「文学の進化について」をおこなった（実に六十数名の文学者から回答を得た）。「新しい運動を創出したのはあなたでしょうか」という探訪記者の質問に対してマラルメは「私は流派とかそれに類したものは性に合いません」と答えて運動のパイオニアの地位を慇懃《いんぎん》に固辞した。彼はヴェルレーヌこそ「すべての若者たちの父親」だと言って年来の友人に象徴派のパトロンの地位を譲ることになる。これはマラルメの謙譲の美徳のなせる業《わざ》だろうか。そうとばかりは言えないようだ。この両詩人の同時代への影響は鮮やかな対照を示していると言うべきだろう。この消息をアンナ＝バラキアンは次のように巧みに言い表している。

「もし《偉大さ》というものが一人の作家の誘引する模倣の程度によって判定されるとすれば、ヴェルレーヌはまさしく巨匠である。（……）マラルメは人がその言葉に耳を傾ける人物となったのに対して、ヴェルレーヌはその詩人としての実例がより役に立ち、より模倣された人物である。（……）マラルメが理論における象徴主義であるとすれば、ヴェルレーヌは実践における象徴主義である。」（『象徴主義運動、一批評的査定』）

ヴェルレーヌとデカダン派

右のバラキアンの証言はヴェルレーヌの同時代への絶大な影響力をよく示している。それではその影響は具体的にどのように働いたのだろうか。

すでに触れたように、ヴェルレーヌは高踏派の詩人としてデビューした。第一次『現代高踏詩集』（一八六六）には七編、第二次（一八七一）には五編を寄稿した。その一方で、一八六六年には『サチュルニヤン詩集』、六九年には『雅《みやび》なうたげ』、七〇年には『よい歌』といった詩集を矢継ぎ早に発表し、詩人として順調な滑り出しだった。ところが、七一年の秋にランボーと運命的な出会いをして、以後二年間異常な錯乱《さくらん》の生活に身を投じることになる。この二人の異常な関係は七三年七月のブリュッセル事件――ヴェルレーヌがランボーを拳銃で撃ち、懲役二年の刑を言い渡された事件――で幕を閉じるが、ランボーの出現によってヴェルレーヌの詩は新たな展開と深まりを見せた。刑務所に入獄中の七四年には最高傑作詩集『ロマンス＝サン＝パロール』が刊行され、八一年には獄中での回心の所産である詩集『知恵』が刊行された。しかし、ヴェルレーヌはブリュッセル事件以来、独房生活、英国やベルギーでの教師生活などですっかりパリと縁が切れ、詩壇からはすっかり忘れられた存在となってしまっていた（七六年の第三次『現代高踏詩集』に投稿したが掲載を拒否された）。

ヴェルレーヌは八二年にパリに戻ると、さっそく文筆活動を再開し、前衛文芸誌に寄稿するようになった。すでに紹介した「詩法」――一八七四年四月に獄中で創られた詩編――は一八八二年一一月一〇日の「パリ＝モデルヌ」誌に発表された。音楽性の追求、「陰影」礼賛、奇数音節詩句の奨励を歌うこの詩編は、アントワーヌ＝アダンの言葉を借りれば「前衛集団のあいだに物議をかもした」のだ。

詩の革新に乗り出した若い詩人たちは文学カフェで文学論に花を咲かせたり、自作の詩を朗読したり、飲めや歌えのどんちゃん騒ぎをしたりして夜の更けるのも知らなかった。一群のこれらの若者たちは、彼らの突飛な言動に業を煮やした良識派の人々から軽蔑と嫌悪をこめて「デカダン派＝退廃派」(dēcadent) とレッテルを貼られた。というのも「デカダンス」(dēcadance) という言葉が若い詩人たちの合い言葉だったからだ。

「デカダンス」という言葉は新造語ではないけれども、歴史関係などの特殊な分野を別にすれば、これまであまり使用されなかった言葉である。このフランス語はラテン語のデカデンティア (decadentia) から来ている。このラテン語の名詞形は動詞デカデーレ (decadere＝落ちる) から作られたものである。動詞形と名詞形は両者とも古典ラテン語にはなく、中期ラテン語に由来する。もともとはローマ帝国末期を論じる文献に使われるようになったのが初めといわれる。そう言われてみれば時代は降るが、モンテスキューに『ローマ人の偉大さとその衰亡の原因についての考察』(Considērations sur les causes de la grandeur des Romains et de leur *dēcadance*) という著作がある。文学者としてはテオフィル＝ゴーチエやボードレールが使用したことがあるが、しかしこの言葉を活性化したのはなんといってもヴェルレーヌのお手柄だ。デカダンスという言葉が多くの人々の注目を集めるようになったのは一八八三年五月二六日の「黒猫」に発表された「ものうさ」の冒頭でヴェルレーヌが使ったからである。

われは退廃期《デカダンス》末期の帝国《ローマ》、
ものうい陽の光がおどる、黄金の文体の
のんきな折句をひねりながら
白い肌《はだえ》の魁偉《かいい》な夷狄《いてき》が通り過ぎるのを眺める。

若い詩人たちの活動を快く思わない人々はこのデカダンスという言葉を字義どおりに解して侮辱と非難をこめてこの言葉を彼らに投げつけたのであり、若い詩人たちはその言葉をプラスの意味に解して自派の呼称に採用し、敵方に投げ返したのだ（蔑称的意味を避けるためにデカディスム派（décadisme）という新語も案出された）。新流派に対しては実にさまざまなレッテルが貼られ、キ印派（Maboulescents）というすさまじいものまで提案されたが、結局「デカダン派」に落ち着いた。つまりヴェルレーヌは新流派の名前を提供したわけである。

「呪われた詩人たち」

ヴェルレーヌは一八八三年八月末から一八八四年一月初めにかけての「リュテス」誌に、トリスタン＝コルビエール、アルチュール＝ランボー、ステファヌ＝マラルメを紹介した評論「呪われた詩人たち」を連載した。当時、コルビエールは「目だたない名」であり、ランボーは「ほとんど未知の名」であり、マラルメは「無視された名」であった。ヴェルレーヌは具体的に詩編をふんだんに引用しながら、三人の重要な詩人の肖像を描いてみせた。忘却の淵から呼び戻された「呪われた詩人たち」の実例は強烈で生々しいものだった。アントワーヌ＝アダンの表現を借りれば、この連載評論は「一八八三年の若者にとって一つの宣言のように映った」のだ。彼らが暗中模索していた新しい詩の見本がそこには示されていたからである。評判を呼んだこの評論はすぐに一八八四年四月ヴァニエ書房から出版された。そして一八八八年の再版にあたってマルスリーヌ＝デボルド＝ヴァルモール、ヴィリエ＝ド＝リラダン、ポーヴル＝レリアン（ポール＝ヴェルレーヌの綴り替えで「哀れなレリアン」という意）を論じた評論が増補された。

「詩人」とは「絶対的」で純粋なるが故に「呪われた」存在である。この命題ははなはだ衝撃的で魅惑的だった。この命題の斬新《ざんしん》さを十分に理解するにはヨーロッパ的な詩人像の伝統を知る必要があるだろう。

人畜無害の寄生虫的存在

その昔から詩人と言う存在はいかがわしい、やくざな、うさん臭い存在と見られてきた。詩人を狂人と見る考え方は古代からある。

プラトンが「哲人」の治める理想国から詩人を追放したことは余りにも有名だ。プラトンによればイデアこそが真実在であり、眼に見える現実世界（事物）は仮象にしかすぎない。仮象の事物を歌う（模倣する）詩人の営為は二重の意味でむなしい――仮象の仮象――と判定したわけである。

しかしその一方で、プラトンは詩人の不思議な能力にも注目していた。詩人とは「聖なる狂気」にとらわれた人間で、神の言葉を繰り返す特別な人間である。

そしてルネサンスの詩人ロンサールは「神は詩人たちの胸に宿っている」と揚言した。

ギリシア・ラテンの古典を規範とし、アリストテレスの『詩学』を淵源とする「模倣《ミメーシス》」論に拠って立つ古典主義の美学が支配した一七、一八世紀は気まぐれな「霊感」は忌避された。この時代、総じて詩人が王侯貴族の宮廷の引き立て役、太鼓持ち的存在であったことを指摘しておこう。詩人は人畜無害な寄生虫的存在にしかすぎなかったのだ。

詩人の使命

ロマン主義の覇権とともに詩人像に大きな変化が生じた。詩人を人類の指導者・予言者とする詩人像の登場である。詩人の社会的使命を強調する、このような詩人観はフランス-ロマン主義に独特のものである。

この考え方は、一八世紀の啓蒙主義の流れを汲んだものとも言えるだろう。百科全書派の「哲学者」たちは新しい知識を民衆に伝える啓蒙活動を通じて自分たちは人類の幸福に貢献しているのだと信じていた。この信念、この使命感があったからこそ、あの膨大な『百科全書』を刊行するという難事業に挺身できたのだ。また、七月革命を契機にサン＝シモンの空想的社会主義が流行し、文学者に文学の社会性を自覚させたということも考えられる。あるいはまた、すでに触れたフランス人のレアリスムとも関係があるにちがいない。

いずれにせよ、詩人は神から選ばれた人間であり、神の言葉を聴き取り、人類を導かなければならない高い使命を帯びた特権的人間なのである。こうした「詩人の使命」をもっとも高らかに宣言したのはヴィクトル＝ユゴーであろう。彼は詩人が自分の生きている世紀＝時代の「朗々たるこだま」になることを求める。詩集『光と影』（一八四〇）所収の「詩人の使命」のなかでユゴーは次のように歌いあげている。

詩人は不敬虔な時代にやって来て、
よりよい時代を準備する。
彼はユートピアの人。
その足はここにあるが、その眼は彼方にある。

（……）

民衆よ！　詩人の声に耳を傾けよ！
聖なる夢想家の言葉に耳を傾けよ！
彼なしで真っ暗なきみたちの夜のなかで、
彼だけが光り輝く額をもつ！

（……）
森と波にそうするように、
神は彼の魂にささやきかけるのだ！

ユゴーの場合には詩人の社会的使命は楽天的に捉えられているが、ヴィニーの場合はある種の屈折が見られるようだ。ヴィニーもまた詩人の高い使命、その社会的＝政治的役割の重要性を認めることにやぶさかではない。しかし、彼はひとり詩人の「偉大さ」を見るばかりでなく、その「屈従」をも見届けるのだ。

小説『ステロ』（一八三二）のなかでヴィニーは人類の「星《ステロ》」として人々を導く使命を帯びた詩人と社会の関わりを取り上げている。しかしその結論は明るいものではない。この小説のテーマは社会はいかなる政治形態（王政・帝政・共和政）を取るにせよ、つねに詩人を圧迫するものだということに要約されるから。

詩人は高い使命を帯びながらも社会に受け入れられず、社会から疎外され「賤民《パリャ》」とならざるをえない宿命を刻印されている。ヴィニーは詩人が自ら進んでその「屈従」を引き受け、ストイックに耐え抜く自己犠牲的営為のなかにむしろ詩人の「偉大さ」を見ようとする。結局、ヴィニーはサント＝ブーヴが評したように「象牙の塔」に立て籠ってしまったが、詩人の高い使命、その社会における必要性・有用性は信じて疑わなかった。彼は詩人の不幸を嘆いたが、詩人を呪われた存在とは見なさなかった。

ボードレールの詩人像

ロマン主義流の、神によって選ばれた指導者・予言者としての詩人という考え方はロマン主義の鬼子ボードレールによっても受け継がれる。ボードレールにとっても、詩人は「至高の天の力の命ずるところによって、倦怠に悩むこの世に現れ出る」のだ。「倦怠に悩むこの世」とはいかにもボードレール的ではある。『悪の華』冒頭の「祝福《ベネディクシオン》」（原題には「感謝」という意もある）という詩編のなかでボードレールは神に「祝福」された人間としての「詩人の苦痛と高貴さ」を歌いあげている。詩人の母親は詩人の呪われた誕生に「おそれ、おののく」。

ああ！　どうして蝮《まむし》の一塊を産み落とさなかったのでしょう、
こんなおかしなものを育てるくらいなら！
私のお腹がこの贖《あがな》いの種を宿した、
つかのまの快楽《けらく》の夜こそ呪われてあれ！

だが、詩人本人は自分を選んでくれた神に「感謝」を捧げる。

祝福されてあれ、わが神よ、御身が与え給う苦しみこそ、
われらの穢《けが》れを浄《きよ》める霊薬、
また、強き者たちを聖なる快楽《けらく》へといざなう、
無上の純粋な精髄《エッセンス》！

私は知っております、御身が「詩人」のために一つの座を、
神聖な「軍団」の至福者の隊列のなかに用意していることを、
また、「座天使」、「力天使」、「主天使」たちの、
　永遠の祝祭へ「詩人」を招いていることも。

地上においては詩人は確かに「呪われて」いるが、天からは祝福されているのだ。ボードレールの詩人像はマイナスのテンションを増幅してはいるがロマン主義的詩人像の影を色濃くひきずっている。

ボードレール

地上にあっては詩人は、「巨人のような翼に邪魔されて歩き悩み」、ぶざまな醜態をさらして、人々の嘲弄《ちょうろう》の的になる「あほうどり」に似ている。だが、このあほうどりはひとたび空中に舞い上がれば「雲の王者」だ。詩人は「その澄みきった精神の放つ無量の閃光《せんこう》」のおかげで、多くの哲人や予言者によって夢見られた至高の世界を見透す神的な能力を所有している。彼は現実の遙かなた、「高翔」のさなかに「もろもろの花や口きかぬ物たちの言葉」を聴き取り、「透明な空間を満たす明るい火」を飲むことが許される。至高の神的能力と呪われた宿命。ボードレールの詩人像はロマン主義的詩人像と、のちに来る象徴主義的詩人像とに引き裂かれている。

デカダンスと呪われた詩人

神の祝福を失ったとき、詩人は本当の意味で「呪われた」存在となる。このことは、詩人が社会（大衆）との関わり（連帯性）を失うことを意味する。ロマン派の詩人はすべての人（大衆）を対象に呼びかけていた。たとえ大衆が自分を受け入れようとしなくてもそれは大衆の側の落ち度で、自分は神の言葉の代弁者であり、大衆にとって不可欠の人間であるとの自負はもっていた。たとえヴィニーのように「象牙の塔」に立て籠ってしまっても、民衆への熱き想いは残っていた。神との、民衆との絆が断ち切られるとき、つまり詩人が社会を拒否し、社会が詩人を拒否するとき、「呪われた詩人」が登場する。詩人は社会にとって無用な存在となる。それだけではない。有害な存在にもなりうるのだ。

不幸な星のもとに生まれて

「進歩の思想」とブルジョワジー　一七世紀の最後の頃に「新旧論争」という有名な文学的事件が起こった。古代人（ギリシア・ラテン）と近代人（一七世紀）のどちらが優れているかという優劣論から始まったこの論争は、古典尊重の古典主義の美学の不変性・絶対性が近代諸科学のめざましい発展を前にして揺らぎはじめたことを示している。近代派の論拠になったのは「進歩の思想」にほかならない。それは、人類は無限に進歩するという楽天的な考え方である。この考え方は一八世紀を支配することになる。すでに見たロマン主義的詩人像も実はその文学的反映だったといえないことはない。これは科学や技術の進歩がもたらした思想である。

想えば、それまでヨーロッパを支配した考え方は、昔をよしとする歴史観である。初めに黄金時代があってしだいに時代が降るほど世の中は悪くなるという考え方。あるいは最後の審判というキリスト教的な終末論。ギリシア・ラテンを範とする古典主義の美学も同じような発想である。

進歩史観は近代の所産である。人類が無限の進歩を信じ始めてからそんなに時間はたっていないのだ。この考え方の極致が哲学の方面ではヘーゲル（一七七〇〜一八三一）の弁証法的観念論であり、社会科学の方面ではマルクス（一八一八〜八三）の弁証法的唯物論であり、自然科学の方面ではダーウィン（一八〇九〜八二）の進化論であろう。

「進歩の思想」は科学主義と手を携えて歩んできたが、その担い手は「ブルジョワジー」である。「王」とブルジョワジーの政権交代劇は一八世紀末のフランス革命時にその幕をあける。フランス革命は自由、平等、私有財産の尊重を掲げて、王侯貴族・聖職者の特権階級を廃絶して近代市民社会の到来を告げた（「王」の虐殺）。その一方で、徹底的な合理主義を掲げ理性を絶対視し、宗教を否定した（「神」の虐殺）。つまりブルジョワジーの台頭は政治権力の奪取と精神的転換のたまものである。一八一四年には王政復古があり、一八三〇年からは七月王政があり、一時的には「王」が復活したこともあるが、一九世紀はブルジョワの世紀である。一九世紀を通じてブルジョワは上昇線を描き続けた。「神」は影が薄くなり「金」がしだいに幅をきかせるようになる。まさしく「地獄の沙汰も金しだい」の世の中になってゆく。バルザックの小説「幻滅」（一八三七〜四三）のなかで社会の闇の帝王ヴォートランは冷徹な処世訓を青年に垂れる。「フランスの社会はもう本当の神などあがめてはいないよ。フランスの社会があがめているのは金銭だ！　まあ、これがフランス憲法の宗教さ。」

ブルジョワの押し進めてきた近代資本主義は物質的繁栄の幻想を確かに大衆に与えてきた。フランスの産業革命はイギリスの後塵《こうじん》を拝したが、一八三〇年頃から始まり、世紀の後半にはいるとその発展に拍車がかかり、七〇年頃にひとまず完了した。工場のエネルギー源の蒸気機関は一八五二年には全土で六千台を数えるにすぎなかったが、ほぼ二〇年後の一八七〇年には四倍半になっている。また鉄道は一八五一年には三、六六五キロほどであったが、一八七〇年にはほぼ五倍に達している。こうした産業の発展を誇示するかのように、一九世紀後半には一八五五年を皮切りにパリで万国博覧会がほぼ一一年おきに開催される。つまり一八五五年、一八六七年、一八七八年、一八八九年というふうに。八九年の万博の時にエッフェル塔が時代の先端をゆくテクノロジーを駆使して建設された。

産業の発展は商業を盛んにする。商品が多量に出回り、大衆の消費熱をあおる。その端的な現れがデパートの登場である。現在まで続いている二つのデパート、オープランタンとサマリテーヌが前者は一八六五年に、後者は一八六九年に創業している。

「われは退廃期末期の帝国」

ブルジョワジーの価値観を支えているのは数と量の論理だ。「進歩」という神話である。ブルジョワ的近代主義は上昇、発展、増大などを肯定し、下降、衰退、減少などを否定する。こうした発想をとる近代人にとって先ほど引用したヴェルレーヌの詩句は怠け者の落後者の世迷い言だ。そこで展開されているのは滅びのなかに美を見いだす反近代的な発想である。そこではデカダンスという言葉があろうことか、肯定的な意味合いをこめて使われているのだ。

デカダンスという言葉にヴェルレーヌがどんな思いを託していたかは、エルネスト＝レーノーが報告している本人自身の説明に耳を傾けるに如《し》くはないだろう。

「私は深紅と金色とに輝くデカダンスという言葉が好きだ。無論、この言葉についてまわる侮辱的な非難や堕落という観念はすべて拭い去ってのことだが。それどころか、この言葉は、極度の文明の洗練された思想、高度の文学的教養、強烈な官能的逸楽を味わいうる魂を予想させる。それは、火事の輝きと宝玉のきらめきを投げかけている。それは、官能的な精神と悲しい肉体との混合からなり、ローマ帝国末期のあらゆる強烈な壮麗さからなっている。（……）デカダンス、それは愛妾《あいしょう》たちに取り囲まれて薪の山に火を放ったサルダナパルであり、詩句を朗々と吟唱しながらおのれの血管を切り裂いたセネカであり、断末魔の苦悶の表情を花で覆い隠したペトロニウスである。さらになおもっと手近の事例をお望みとあれば、微笑を絶やさず、髪を乱すまいと気を配りながら断頭台に歩を運んだ侯爵夫人たちでもある。それは美しく死ぬ技法(l'art de mourir en beauté) なのだ。それに、諸君も知っている一四行詩を私が書いたのも、この感情に突き動かされてのことだった。

われは退廃期末期の帝国《ローマ》……

この言葉にはまた幾分、諦めの無力感からくる物憂さがあるし、そして恐らくは大聖堂に守られ熱っぽい信仰の息づいていた、逞《たくま》しく荒々しい時代に生きることができなかったことを悔やむ気持ちもある。現代の低俗さに対して繊細なもの、高貴なもの、珍奇なものを突きつけて戦わなければならないという含意をこの語にこめることによって、われわれはこの語を皮肉に新しく使うことができる。よしんばデカダンという言葉から悪い意味をすっかり洗い落とすことができないにしても、非常に秋めいた、非常に落日的な、このイメージ豊かな侮辱の言葉を拾い上げないという法はないだろう！」

このヴェルレーヌの説明はデカダンスという観念の本質とその多義性を余すところなく伝えている。そしてまた崩落＝滅びの美学がそのなかに、数と量の論理の支配する近代文明（拝金主義的物質的ブルジョワ文明）に対する批判の視点を含んでいることも忘れるべきではないだろう。俗悪なブルジョワ社会に対する反発。精神の貴族主義。外部世界を否定して内的世界にたてこもること。ヴィリエ＝ド＝リラダンは――既述のとおりヴェルレーヌは再版の『呪われた詩人たち』でリラダン論を追加した――文学者の社会における孤立性という問題を極端な形で体現している。「生活だって？　召使いどもが代わりにやってくれるだろう」と言い切り、観念世界に飛翔する『アクセル』の主人公。科学万能の物質文明にほかならない近代という時代のなかでは詩人は反近代のポーズを取らざるをえない。詩人は近代社会のなかでは身の置きどころがない。彼は無用の存在だ。マイナスの観念であるデカダンスを賞揚することが詩人の取りうる唯一の反逆の姿勢である。反近代的価値（美）にぬかずくデカダンな詩人はこの近代世界にあっては「呪われた」存在である。

ボードレールのダンディスム　ヴェルレーヌはデカダンスを「美しく死ぬ技法」と定義したが、彼の師匠であるボードレールはダンディスムを次のように説明する。

「ダンディスムとは、あまり思慮のない大勢の人々がそう思っているらしいような、身だしなみや物質的な優雅に対する法外な嗜好《しこう》、というものでさえない。それらの物事は、完璧なダンディにとっては、自らの精神の貴族的な優越性の一つの象徴にすぎない。（……）ダンディとは頽廃の諸時代における英雄性の最後の輝きだ。（……）ダンディスムとは一個の落日である。傾く太陽さながら、壮麗で熱を欠き、憂愁《メランコリー》に満ちている。」（「現代生活の画家」九、阿部良雄訳）

ヴェルレーヌがデカダンスという言葉を「非常に秋めいた、非常に落日的な」と形容していたことを思い起こすべきだろう。ダンディスムとは金がすべての俗悪なブルジョワ文化に対する嫌悪であり、精神の貴族主義の宣揚にほかならない。近代に背を向けるダンディやデカダンは反近代的価値に固執する。「現代の低俗さ」に対して彼らは「繊細なもの、高貴なもの、珍奇なもの」を対置する。こうした反近代的価値を「美」と呼んで差し支えないだろう。

だが、なぜ美なのだろうか。この設問は先ほど少し言及した神の問題と関わりがある。デカダンスとは時代の危機の意識であると同時に精神の危機の予感であり、不安である。ダンディスムを唱道した、その同じボードレールが精神の危機的状況を前にして動揺しているのはそのためである。彼は「敵」という詩編のなかで「私はいまやもろもろの思想の秋に触れてしまった」と絶望的な確認をする。「ロマン派の落日」という詩編のなかでは「退いてゆく神を追うことは空しい」と慨嘆する。あるいは「世界は終わりに近づいている」とさえ言い切る（『火箭《ひや》』一五）ボードレールを取り巻く思想的状況は暗く、虚無の影が忍び寄る。彼は神々の黄昏《たそがれ》に立ち会っている。しかしながらボードレールはなぜかその状況を受け入れているところがある。逃れゆくものを深追いしようとはしない賢《さか》しらがある。だが「退いてゆく神」ではあるにしても神は確かに残存しているのだ。すでに見たボードレールの詩人像にロマン主義的残影が色濃く揺曳《ようえい》しているわけである。

乏しき時代の詩人 マラルメ

ボードレールの弟子たちが生きた時代は「乏しき時代」であった。神は死んだのである。一九世紀の後半はすでに見た物質文明の繁栄の背後でニヒリズムの暗流が激しく流れはじめた時代である。サルトルはその未定稿の「マラルメ論」のなかでそうした時代状況を次のように巧みに描出している。

「一八五〇年以降、信仰とは否定の否定となる。神が去ってしまった一つの世界にわれわれが生きていることをもはや何ものも妨げることはできない。神を信じたいと思うならば、神の〈不在〉

にもかかわらず——口の悪い連中ならば不在の故にと言うだろうが——なのである。」

神とか理想とか、要するに絶対的なるものが失われてしまった空虚な世界に生きる無為な精神状態を、マラルメは愛する妹の死にこと寄せて描いている。

「マリヤがぼくをあとにして他の星へ行ってしまってから——その星はオリオンか、アルタイルか、それともおまえ、緑の金星《ヴィーナス》か——ぼくはいつも孤独をいつくしんできた。（……）というのも、白い女性《ひと》がこの世にいなくなってからというもの、どういうわけか、わけても「崩落」（chute）という言葉に要約されるすべてのものを愛するようになったからだ。そんなわけで一年のなかでは、ぼくのお気にいりの季節は秋をすぐ背後に控えた物憂い夏の最後の日々、そして一日のなかでは、ぼくの散歩の時間は、太陽が沈むまえに灰色の壁の上には黄銅色の光線を、窓ガラスには赤銅色の光線を投げながら休らう頃合だ。同じように、ぼくの精神が悦びを求める文芸はローマ終焉期の息もたえだえの詩歌ということになる。もっとも、その詩歌は若返りをもたらす夷狄《バルバロイ》の接近の息吹をいささかも吸い込まず、キリスト教の初期散文の幼稚なラテン語をたどたどしく口にしないものに限るけれども。」（「秋のなげき」）

「われは退廃期末期の帝国《ローマ》……」と歌ったヴェルレーヌが思い出されるが、ここでは喚起されている色彩について注意を向けておきたい。最愛の亡き妹マリヤが「白い」と形容されていることにまず留意しよう。「白」はヨーロッパでは伝統的に「神聖」と「清浄」を象徴する色にほかならず、この色の選択はマリヤがマラルメのなかでどんなにかけがえのない位置を占めていたかをよく物語っているだろう。いわばマラルメを導く星のような存在。そんな「白い」絶対者が立ち去った世界はどこか黄色みを帯びた世界である。「黄色」は光を体現する精神的な「白」でもなく、情熱や血を体現する生命的な「赤」でもない。両者の中間に位置する色。「白」のような上品さはない。また「赤」のような強烈さもない。「黄色」はどっちつかずの曖昧さがある。ぱっと明るいかと思えば、すぐ消えてしまうような、はかないような、物憂いような……。そういえば一九世紀末のイギリスに黄表紙の「イエロウ-ブック」がビアズリーの挿し絵入りで発売されて評判を呼んだことが思い起こされる。してみれば「黄色」は「世紀末」の色だったのか。確かにデカダンスの色として黄色くらいふさわしい色はないだろう。

後年マラルメは自分の生きている「黄色い」時代、神（絶対者）の不在の時代を「空位の時代」と呼び、詩人は「そこに加わる必要はない」と考えた（「自叙伝」）。詩人は社会から身を引き、後世のためにひっそりと絶対を求める孤独な営為に挺身する。そんな詩人のあり方を、マラルメは「社会の前でストライキ中である」人間、あるいは「自分自身の墓を彫るために身をひそめる人間」になぞらえる（「文学の進化について」）。マラルメの想い描く詩人とは絶対（美）の探求に身を捧げる世捨て人にほかならない。「乏しき時代の詩人」は神に代わるものとして「美」を定立する。一九世紀後半の虚無的な精神状況にあって「美」は一つの絶対的価値たりえたのである。

こうした事情をポール＝ヴァレリーはマラルメを引き合いに出しながら説明しているが、その説明は「世紀末」の特異な知的環境を的確に描出している。

「四〇年ほど前に、われわれは文学発展上の一危機にあった。マラルメの影響の刻《とき》はすでに鳴っていた。私と同じ世代の青年たちは、当時の知的展望から獲られるほとんどすべてのものを拒絶していた。高踏派からも自然主義からも身を遠ざけていた。のみならず、手法のことしか問題としないような一切の傾向から身を遠ざけていた。彼らは単に一つの芸術、彼らの芸術の新たな完成への方向性を求めていたばかりではなく――ここにこの時代の独特な特徴が見られるのだが――さらになお一つの真の指針を求めていたのだ。その指針を倫理的と呼ぶ勇気は私にはない。というのも、語の通常な意味での倫理的ということが問題ではないからだ。その当時、科学の破産と哲学の破産とが同時に口にされていたことを忘れてはならない。ある人びとは、すべての形而上学を論破し去ったカントの学説を信奉していた。他の人びとは、約束などされていなかったのに科学が約束を果たさなかったと言って科学を非難した。こうした情勢のなかで、また満足を与えてくれるような、いかなる信念も見いだせないまま、ある人びとにとって、彼らが美という一理念のなかに置く確実性のごときものが、休息をもたらしうる唯一のものであると思われたのだ。」（講演「ステファヌ＝マラルメ」一九三三年一月一七日）

危機の時代のなかでマラルメは美の殉教者の道を歩むことになったわけであるが、ではヴェルレーヌはいかなる道をたどることになるのだろうか。

ヴェルレーヌの場合

若きヴェルレーヌにとっても――マラルメより二歳年下だが――時代は暗く不安に満ちたものだった。彼はなにものをも信じることができない。彼は自然に対しても芸術に対しても冷たい眼差しを投げて、冷笑を浮かべる。そして彼は神に対しても不信の眼を向ける。彼をつなぎとめるものはなにもない。彼は波にただよう寄るべない帆船にほかならない。

私は神を信じない、すべての思想を
投げ捨て否認する（……）
生きることに疲れはて、死ぬことも恐ろしく、
潮の満ち干にもてあそばれる帆船にも似て
わが魂は恐ろしい難破に向けて帆を揚げる。

（「苦悩」）

神と民衆のパイプ役であった詩人は神と絶縁することによって社会（民衆）とも絶縁することになる。神の退位は詩人の孤立性を増幅する。以前は民衆によって拒否され追放の憂き目にあっても神の後楯があったわけであるが、神の死とともに詩人の孤独は様相を変え、深刻の度を加える。不

在の神の空虚を埋めるものは美への渇仰《かつごう》しかないだろう。

　詩人よ、〈美〉への愛、それが彼の信仰だ、
〈青空〉は彼の軍旗だ、〈理想〉は彼の掟だ！

（『サチュルニヤン詩集』「プロローグ」）

　こうした時代に巡り合わせた自分を、若いヴェルレーヌは「黄褐色の星」不吉な星（土星）の影響下にある人間と思いなす。

　その名に恥じない昔の「賢者たち」は
このことについては不明な点もあるけれども、天空に
幸福も災厄《さいやく》も読み取れ、どの魂も
一つの星に結ばれていると信じていたのだ。
（こうした夜空の神秘の解釈は
大いに愚弄《ぐろう》の的になったが、その笑いがしばしば
滑稽で見当はずれであることは意識されなかった。）
さて、魔術師好みの、黄褐色の星、

《土星《サチュルヌ》》の徴《しるし》のもとに生まれた人びとは
古い魔法書によれば、とりわけて
不幸と心配の種とをたっぷり与えられているという。
落ち着きのない脆弱《ぜいじゃく》な「想像力」のせいで
「理性」の努力も水泡に帰すとか。
彼らの血管には毒のように回りが早く、
溶岩のように熱い血が流れ巡って、
彼らの崩壊する悲しい「理想」を焼き尽くす。
土星の徴のもとに生まれた人間たちはかくのごとく苦しみ、
かくのごとく死ぬ定め――われわれが死を免れえないとすれば――。
彼らの人生の見取り図はその一線一画に至るまで
悪しき運勢の命じるままに描かれているのだ。　（同「序詩」）

不幸な星のもとに生まれたと信じた若い詩人はどのような道をたどることになるのだろうか。だが、若い詩人の船出を追跡する前に、われわれにはまだやらなければならない作業が残されている。不幸な星のもとに生まれた詩人の幼少期を検証することだ。われわれはそこに不幸な子供を見いだすことになるのだろうか。あにはからんや、なに不足ない幸せな男の子がいるのである。外目には幸福な子供がどうして自分を不幸な星のもとに生まれたと意識することになるのだろうか。

II　哀れなレリアン

両親の愛に包まれて

北方の血を受けて

ポール＝ヴェルレーヌはドイツ国境に近い東北フランスのメッスに一八四四年三月三〇日に生まれた（ちなみにこの日は土曜日である）。父ニコラ＝オーギュストは四六歳、母エリザベス＝ステファニー＝ジュリー＝ジョゼフ＝デーは三五歳だった。父は当時メッス市工兵第二連隊大尉。父のニコラはもともとはベルギー領リュクサンブールのベルトリクス――ベルギー領アルデンヌ地方のパリスールに近い――の出身である。母のエリザは北仏パ-ド-カレ県のファンプー（アラス近在の村）の出身。両親がともに北国の出であることは注意してよいことだ。

ヴェルレーヌは後年ベルギー、イギリス、オランダなど北の国に出かけることはあっても、ついにイタリアを訪れることはなかった。いや、物心つかない頃に父の転勤でモンペリエにしばらく住んだのと、晩年医者の命令でしばらく湯治療養のためサヴォワのエクス-レ-バンに逗留したのを除けば南仏にさえも足を延ばしたことがない。たまたまそういう巡り合わせになってしまったのか、あるいは無意識（血）の選択によるものかは分からないが、ヴェルレーヌの行動の軌跡が南の国と

ヴェルレーヌの父（左）と母（右）

縁のないことは彼の文学を考える上で少なからぬ示唆を与えるはずだ。

フランス‐ロマン主義の母とも言うべきスタール夫人は『ドイツ論』（一八一〇）のなかでフランス的社交性とドイツ的夢想を対比し、南方の文学（フランス）は古典主義的で、北方の文学（ドイツ）はロマン主義的であると説明した。この分類に従えば、ヴェルレーヌは北方的詩人である。彼の詩には北方的ロマン主義のメランコリーが感じられるはずだ。

甘えん坊

ヴェルレーヌ誕生時の両親の年齢に注目してほしい。父四六歳、母三五歳。ポールは初めての子だった。それまで結婚して一三年、子供が欲しくなかったわけではない。その証拠には、結婚して五年たった一八三六年、ヴェルレーヌ夫人はこの年に死んだ実妹の娘、つまり姪のエリザ＝モンコンブルを養女に迎えている（この八歳年上の「姉」がヴェルレーヌの人生にどう関わってくるかはいずれ詳しく触れることになるはずだ）。もう子宝に恵まれないと思ったのだろうか。実をいえば、それまでヴェルレーヌ夫人は三度妊娠したことがあったが、いずれも流産に終わってしまった。流れた子供に対する彼女の未練は次のエピソードによっても知られるだろう。彼女は流産した胎児をアルコール漬けにして広口瓶に大切に保存していたという。妄執《もうしゅう》のなせる業《わざ》というべきか。鬼気せまるものがある。

結婚してすでに一三年、ヴェルレーヌは待ち望まれたというよりかむしろ諦められた後に生まれた子供である。両親の喜びが目に浮かぶようだ。とりわけ母親の喜びが。彼女は天にも昇るような心境だったろう。

後年、ヴェルレーヌは自分を、ポール＝ヴェルレーヌの綴字を替えてポーヴル＝レリアン（哀れなレリアン）と呼んで、「呪われた詩人たち」の一人に数えあげたが、自分の幼い頃について次のように書いている。「彼の少年時代は幸福だった。／例外的な両親――やさしい父、すてきな母、ああ二人とも故人となってしまったけれども――が一人息子の彼を甘やかして育てた。」事実、ポールは両親の愛を一身に受けて育った。ポールは小さな暴君で、大人の言うことなどまるで耳を貸さず、やりたい放題だった。ヴェルレーヌ夫妻の溺愛ぶりは親類たちを心配させ、苦言を呈する人も出たほどである。

いたずらと恋

ポールが五歳の頃にこんなエピソードが残されている。ヴェルレーヌ夫妻がお客に呼ばれ、そこの夫妻と食事をしている最中にポールは庭の片隅で父親のシルクハットに鋏を入れて、切り抜きを作った。そして大人たちのところに戻ると、得意そうに説明する。

「これはね、にんじんだよ。これはね、ねぎ、これはいんげん豆だ！」

それから穴だらけのシルクハットを振り回しながら、

「これが廃兵院の鍋だよ！」

この悪質ないたずらに対してヴェルレーヌ夫妻はどう対応したのか。大目玉を落としたかと思いきや、息子のジョークに大笑いしたという。ヴェルレーヌ夫妻の親馬鹿ぶりがよくうかがえる。こんな溺愛ぶりが息子の将来によい結果を及ぼすはずはないだろう。

次は『懺悔《ざんげ》録』（一八九五）のなかで紹介されている幼い恋の物語だ（以下、『懺悔録』からの引用は高畠正明訳による）。処はメッスの「広場《エスプラナード》」と呼ばれていた遊歩道。そこで毎木曜日と日曜日に軍楽隊の演奏会がもよおされる。着飾った町の名士たちが集まり、「広場」は社交場に早変わりする。夫人連が連れてきた子供のなかにマチルドと呼ばれる八つぐらいの女の子がいた（奇《く》しくもヴェルレーヌは後年同名の女性と結婚することになる）。彼女は裁判官の娘で、燃えるようなブロンドの髪、雀斑《そばかす》だらけの顔をした元気な女の子。可愛らしいとは言えなかったけれども、「いかにも彼女のやさしさと健康を物語るかのような大きな唇」と「彼女の飛びはね、はずむような姿態」が幼いポールの官能をくすぐった。二人はすぐに仲良しになった。熱烈なキスを交わしたり、ひそひそささやきあったりするこのおませなカップルを大人たちはまるで『ポールとヴィルジニー』だとか『ダフニスとクロエ』だとか言ってはやしたてたという（ともに少年と少女の恋を描いた小説）。このほほえましいエピソードは果たしてヴェルレーヌの官能の早熟性を物語るものなのだろうか。

パリへの転居

一八五一年、ポールが七歳の時、ヴェルレーヌ大尉は停年までかなりの年月を残しながらも（五三歳）、突然辞表を提出、上司の慰留を振り切って軍隊を辞めてしまった。昇進に不満でもあったのだろうか。大尉の真意は誰にも分からなかった。彼は勤務評定も良く、なかなか有能な軍人であった。退職を機に、ヴェルレーヌ夫妻は一人息子の教育を考えて、親類も縁者も知人もいないパリに思い切って転居することにした。現在のパリ市一七区、当時はまだパリ市に編入されていなかった——編入されるのは一八六〇年のこと——バチニョル界隈（モンマルトル墓地に近い）に居を定めた。両親は息子が陸軍士官学校を出て軍人になるか、超エリート校・理工科学校《エコール・ポリテクニック》を出て技術者になることを夢見ていたようだ。

寄宿学校ランドリー校

九歳になってポールが入学したのは私立の寄宿学校ランドリー学院である。この私塾は歓楽街ピガールに近いシャプタル通りにあった。軍人上がりの校長のもとで躾《しつけ》の厳しい学校だった。優秀な卒業生を出して、なかなかの実績をあげていた。だが、なによりも軍隊風な校風がヴェルレーヌ大尉のお気に召したようだ。甘えん坊のポールは親元から離れるのが嫌で、最初の晩にさっそく家に逃げ帰った。しかし、宥《なだ》め賺《すか》されて翌日、寄宿舎に戻った。この学院で二年間学んだ後、ボナパルト高等中学校（リセ）――現コンドルセ高等中学校――の第七学級に編入した（フランスでは日本と異なり、上級になるほど学年数が小さくなる）。

リセ時代

ポールは初めは行儀の良い優等生であったが（三七人中二番）、しだいに成績が下がり始めた。

第四学級に進む頃になると、急速に学業に興味を失った。彼はいわゆる第二反抗期を迎えたのだ。彼は性的なことに関心を示すようになる。『懺悔録』のなかでヴェルレーヌは書く。「ところで、一二歳から一三歳のあいだに官能が私をとらえ、私のなかにしみわたった。思うにまた、その頃から、両手を身体の右や左以外のところにもってゆくことばかりを知っていて、なんとなく私が心地良い……と、あるいはもっと素敵だと……、さらにそれ以上だ！　と感じたところに手を置いてしまうのだった。」

性の目覚めと相前後してポールは文学の世界に惹かれるようになる。『懺悔録』のもう少し先のところでヴェルレーヌはこう書いている。「正確にいうなら、この危機的な一四歳の年の頃に、私

15、6歳頃のヴェルレーヌ

の心のなかで文学者が、もしお望みならむしろこういってもよい、詩人が生まれたのだ。」よくあるケースとはいえ、ヴェルレーヌにあって性の目覚めと文学への開眼が踵《きびす》を接していることはやはり注目しておいてよいことだろう。

　ポールは勉強そっちのけで詩を書きまくる。劣等生は級友たちの賞賛の的になる。亡命中の大詩人ヴィクトル＝ユゴーに自分の作品を送りつけることさえしている。その一方で読書にも励み、古典ばかりでなく、ボードレールの『悪の華』やテオドール＝ド＝バンヴィルの『女人像』といった現代詩にも注意を払っていた。特にボードレールには強い衝撃を受けることになる。

　第二学級在籍中にポールはやはり文学に熱をあげているエドモン＝ルペルチエと親友になり、文学論を戦わせた。彼らの友情は詩人が死ぬまで続くことになる。ちなみに最初の本格的なヴェルレーヌ伝を書くことになるのがこの友人である。

　こうした文学三昧のつけとしてポールの成績は下がる一方だった。第二学級で彼を教えたペランという教師――後にフランス学士院会員にもなった大歴史学者――は一六歳頃のヴェルレーヌを嫌みたっぷりにこう回顧している。「ポール＝ヴェルレーヌはリセ－ボナパルトでの私の生徒で、七〇名のクラスのどん尻だった。愚かな罪人を思わせるあの醜悪な頭、年とともに浮浪者か乞食のものとしかみえなくなっていったあの頭に何かが宿っていようなどとは、私には思いも及ばなかった。」

この酷評は悪意が感じられ、全面的に信じるわけにはいかないが、ポールの学業がかなり不振だったことは事実だ。中の下か下の成績だった。愛する息子が最終学年の修辞学級に進んだとき、さすがに大甘の父親も堪忍袋の緒を切らした。ちゃんとした社会的地位を得るためには大学入学資格《バカロ》試験《レア》にはぜひとも通ってもらわなければならんというわけで、父親はぐうたら息子に檄を飛ばした。本人の表現をかりればポールは「黒人のように」勉強した。彼の生涯を通じてリセの最終学年の一年間ほど勤勉であったことはないだろう。周囲の予想に反してバカロレアに見事合格したのだ。それもたった一度の挑戦で。今と違って当時のバカロレアはけっこう難関で二度、三度挑戦してようやく合格という例もざらだった。後にヴェルレーヌと並んで象徴主義のパイオニアに担ぎ出されることになるマラルメも再度の挑戦で合格したのだ。この例に照らしても明らかなように、ポールは決して知力の劣った生徒だったわけではない。怠けていただけなのだ。もしこの時ポールがこの教訓を胸にしっかりと畳み込んでいたならば、その後の彼の人生は大いに違ったものとなったろう。もっとも、その場合詩人ヴェルレーヌはこの世に存在しなかったかもしれないが。

リセ時代のヴェルレーヌについて最後に付け加えておきたいことは、バカロレアを三カ月後にひかえた五月、一八歳になったばかりの彼がさる娼家に足を運び童貞を失ったことである。

青春彷徨

のんきな船出

一八六二年八月一六日、バカロレアの合格発表があり、すでに見たようにヴェルレーヌは見事合格した。両親をはじめ周囲の人々はびっくり仰天した。ヴェルレーヌはしてやったりとほくそえんだに違いない。その一方で、しんどい勉強なんてもうこりごりと、肩の荷をおろしたような思いであったろう。ヴェルレーヌはこの年の夏をファンプーの母方の親戚やアルデンヌの父方の親戚のもとで過ごした。読書と散策に明け暮れ、大いに解放感を味わうことになる。ボードレールやゴーチエ、サント＝ブーヴ、アロイジュス＝ベルトランなどを読みふけった。また酒の味を覚えたのもこの休暇中のことだ。

ヴァカンスから戻ると憂鬱なことが待っていた。いつまでもぶらぶらしているわけにはいかない。将来に備えなければならない。詩は書き続けたいとは思うが、さりとて具体的な展望は思い浮かばない。結局、両親の意向に従うことになった。両親は息子が大蔵省の役人になることを望んだ。そしてその準備の意味で法律学校に息子を通わせた。ヴェルレーヌはフランス法やローマ法の講義を聴いた。しかし、さっぱり興味がわかないのでカルチエ-ラタンの酒場に入り浸った。この時、彼は確実にアルコール依存症への第一歩を歩み始めたのだ。

市役所の文学者

父親は息子の自堕落な生活ぶりに呆れ、彼が学問に向いていないことを思い知った。そこでいろいろ考えた挙げ句、最初は軍隊時代の友人のつてで息子を保険会社に送り込んでみたが、すぐに息子の親友の父ルペルチエ氏――この頃は家族ぐるみの付き合いをしていた――の友人の尽力でパリ区役所（まもなくパリ市役所に転勤になったが）に押し込んだ。一八六四年五月のことである。ヴェルレーヌの役人生活はこれからパリ=コミューンの勃発まで七年間続くことになるだろう。

オスマン男爵を長に戴いていた当時のパリ市役所は何人かの文学者を養っていたのだ。昼休みともなれば市役所の文学者たちはリヴォリ通りの溜まり場としていたカフェに集まり文学談義に花を咲かせた。ヴェルレーヌはこの昼の息抜きが目当てで役所勤めをしていたようなものだ。そこで彼は何人もの文学者と知り合いになり、それが縁で次々と文学的交友の輪を広げていった。そんな交友を通じて詩の出版を手がけたばかりのアルフォンス=ルメールと面識を得て、処女詩集『サチュルニヤン詩集』が出版されることになる。印刷が完了したのは一八六六年一〇月だが、刊行されたのは翌六七年三月のことだ。この詩集は自費出版で、その費用を負担してくれたのはすでに名前だけは挙げておいた従姉《いとこ》のエリザ=モンコンブルである。両親なら話は分かるが、なぜ従姉なのか。

エリザ＝モンコンブル

この経緯を理解するにはヴェルレーヌとエリザの関係を知らなければならない。

従姉エリザ

すでに触れたようにエリザは幼いときにヴェルレーヌ家に養女として迎えられ、ポールが生まれてからは「お姉さん」として育てられた。ヴェルレーヌはこの「姉」について『懺悔録』のなかで愛情をこめて述懐している。

「彼女は私より八つ年上で私の母方の孤児《みなしご》だった。それを私の父と母がひきとり、わが子のように育てていた。彼女にには私にはいつも弟のような愛情をいだいていたし、彼女も私をやさしく愛してくれた。／かわいそうな愛《いと》しいエリザ！　彼女は私の幼年時代のなかでも特別にやさしい存在だった。彼女はずっと私と一緒に遊んでくれたし、そうした遊びのなかでもなにかと私に気をつけてくれた。はじめのうちは彼女自身もまだ子供で、時にはいたずらの無邪気な荷担者《かたんしゃ》だった。だが、それ以上にやはり彼女は、その頃の私の精神生活を形成していた子供らしいやさしい素直な心情の鼓吹者だった。彼女は私の大きな欠点は黙って見逃してくれ、私のささやかな美点を賞揚してくれたが、またその間には、私をやさしく叱ることもあった。年齢《とし》を取るにしたがって、彼女は私にいろいろと良き忠告を与えてくれ、また服従や尊敬や親切の手本を示してくれた。事実私は、多かれ少なかれそれを見習ったものだ――だから彼女は、大きな母親の下の小さな母親であり、甘やかしも可愛がりもしてくれないが、それだけにもっと親身なお目付役だった。彼女は結婚し、悲しいことに数年後には死んでしまったが、その頃でも私たちの愛情は同じように続いていた。」

見られるとおりエリザはヴェルレーヌにとってかけがえのない大切な存在であった。姉でもあり、母でもあった。だが、彼女はそれ以上の人でもあった。恋人でもあったのだ。この恋は二人以外には誰も知る人とてない秘められた恋であった。親友のルペルチエですらこの恋の存在を知らなかったくらいだ。この秘められた恋がいつ燃え上がり、どのような展開を示したのかを知る確かな手がかりは何も残されていない。それは転調され、ほのめかされているだけだ。それは見る人だけにしか見えてこない、そんな類いの事件であった。

恋の始まり

ヴェルレーヌはその顔写真や肖像からも分かるように非常に醜い顔だちである。親友のルペルチエの母親はヴェルレーヌを初めて見たとき「おまえの友達はまるで動物園から逃げ出してきたオランウータンみたいだね！」と言ったという。本人も自分の醜さはよく承知していた。すでにあちらこちらで述べたことからも推察できると思うが、ヴェルレーヌは性に対しては人並以上に早熟だったし、関心も示していた。体内に熱くうずく官能をマスターベーションで紛らわしていたことはすでに見た。売春宿で童貞を失ったことも触れた。ただこれまでのところ幼い頃の恋物語以外ついぞヴェルレーヌの浮いた話を聞かない。多情多感な若者が恋のほむらに身を焦がさないはずはない。自分の醜さを恥じてヴェルレーヌは忍恋《しのぶこい》に甘んじていたのでもあろうか。このことは彼の生涯を通じて言えることなのだが、ヴェルレーヌは素人の女性には決して手を出さない。彼が相手にするのはもっぱら売春婦に限られる。彼は自分が堅気の女性の愛の対象になれるとは思ってもいなかったのだろうか。そんな彼が初めて心を許した女性、それがエリザであった。彼女だけが自分のすべてを理解してくれたからだ。彼女はまるで夢のなかの女性のようにヴェルレーヌには思われたにちがいない。

ぼくはよく見るのです、見知らぬ女《ひと》の、心ときめく
妖しい夢を、愛し愛されるその女《ひと》は
見るたびにまったく同じでもなく、まったく別でもなく
ぼくを愛し、ぼくを分かってくれるのです。

というのも、その女《ひと》はぼくを分かってくれ、ぼくの心は
その女《ひと》だけには透明で、その女《ひと》だけには、ああ、

謎ではなくなるからです、ぼくの青白い額の汗も、
その女《ひと》だけが泣きながら拭い去ることができるのです。
（「よく見る夢」）

この恋の始まりは一八六二年の夏とも、六三年の夏とも言われている。ヴェルレーヌが一七歳でまだリセの学生だった一八六一年に、エリザはノール県レクリューズの精糖業者オーギュスト＝デュジャルダン——ヴェルレーヌの従兄《いとこ》——のもとに嫁していた。ヴェルレーヌはヴァカンスをいとこ夫婦のもとで過ごす。『ヴェルレーヌ伝』を書いたピエール＝プチフィスによればこの恋は一八六三年の夏に位置づけられる。

「一八六三年の夏休みについては何も知られていない。だが、何も起こらないときにかぎって資料が山ほどあり、何かが起きた場合には資料に事欠くということが往々にしてある。この夏起きたことは人目をひくようなものではなかったが、ヴェルレーヌにしてみれば深刻で、生涯にわたって影響を及ぼしてゆくのである。／このときまでの彼はめぐまれた家庭の息子で、人生がもたらしてくれたことに不平を言う必要などなかった。ところがいまや、はじめて苦悩にぶつかり、不幸を経験しようとしている。彼の恋愛事件は素朴でありふれたものだった。レクリューズ滞在中の数週間、従姉エリザ＝デュジャルダンへの恋心が燃えあがったのだが、彼女は思いやりを失わぬまましかし毅然とした態度で、その火を消しとめることができた。（……）前年の夏休みあたりから、ポール

はずいぶん変わってきた。少年から大人になったのである。だから自分の従姉、ふたりの子の出産で花が開いたように美しくなった二七歳の女性に再会したとき、その見る眼もちがってきたのだ。」

（平井啓之・野村喜和夫訳——以下、プチフィスの引用はこの訳による）

許されぬ恋

エリザは年下の青年の捧げるひたむきな純情に心を動かされ、一度はその愛を受け入れたのだろうか。

ぼくたちは二人きり、夢見ごこちで歩いていた、
あのひともぼくも、髪の毛と胸の思いを風になびかせて。
ふと、心を動かすまなざしをこちらに向けて、
「あなたの一番すてきな日はどんなでした」と、その生ける黄金のような声が問いかけた、

天使のようなさわやかな響きをたたえた、優しくよく透る声。
遠慮がちなぼくのほほえみがそれに答える、
そして、ぼくはあのひとの白い手にうやうやしく口づけする。

――ああ、最初の花々のなんとかぐわしいこと、
そして、愛するひとの唇からこぼれる
最初の「ウイ」のささやきのなんと甘やかなこと。
（「ネヴァモア」I）

しかしながら、エリザは恋の陶酔からすぐに醒めて、年上の女の分別を取り戻す。彼女は年若い恋人に自重を説き、許されぬ恋の断念を迫る。青年は苦しい胸のうちを愛するひとに打ち明ける。

この歌はあなたに捧げます、甘い夢が笑い、泣いている
あなたのつぶらな瞳の心なぐさめる美しさの故に、
あなたのきよらで優しい心の故に、あなたに捧げます、
身を灼《や》く苦しみの底からのこの歌を。

それというのも、ああ、夜となく昼となくぼくを悩ます
おぞましい悪夢が怒り、狂い、妬み、
狼の群れのように数を殖《ふや》し、
血まみれのわが運命に追いすがるからです。

ああ、苦しい、死ぬほどに苦しい胸のうち、
エデンの園を逐《お》われた最初の人間の最初のうめきも
僕のうめきに比べたら牧歌にしかすぎません。

（「ある女に」）

『サチュルニヤン詩集』の「メランコリア」（八編）を構成する多くの作品がこのヴェルレーヌとエリザの悲恋をインスピレーションとしているという。この仮説は、ジャック＝アンリ＝ボルネックが一九五二年に刊行された『ヴェルレーヌの「サチュルニヤン詩集」』（ニゼ書房）で提起した。非常に刺激的で魅力的な仮説である。すでに注意したようにこの恋の存在を実証的に裏付ける資料はないが、確かに上記の章のいくつの作品はこの観点をとることによって美しく解釈できるようだ。

エリザと『サチュルニヤン詩集』

『サチュルニヤン詩集』の初版は五〇〇部ほど刷られたが、この自費出版の費用が決して少なくない負担であったことは現在の出版事情を考えても容易に推量できよう。それだけにエリザがその費用を全額負担した行為は、彼女の並々ならぬ決意の表れと見るべきだろう。彼女は許されぬ自分たちの恋が詩集の隠されたテーマの一つになっていることに気がついていたにちがいない。この詩集を自分たちの愛の形見としたらどうだろうか。従弟《いとこ》の熱き想いは詩集に昇華されることによって鎮静化するのではないか。苦しんでいる従弟《いとこ》のた

めになんとしてもこの詩集を出版してやりたい。こんな風にエリザは考えたにちがいない。もちろんヴェルレーヌに異論のあろうはずはないが、失恋の痛手が十分に癒《い》えたかどうか。出版の目処《めど》がたち、原稿を新たに読み返すにつけ傷口がまたぞろ疼《うず》きはじめたのではないだろうか。

とまれ、詩集が印刷を完了し、刊行を待つばかりであった一八六七年二月にエリザは産後の肥立ちが思わしくなくこの世を去る。三一歳の若さであった。ヴェルレーヌは役所に休暇届を出してあたふたと駆けつけたが、従姉の死に目には会えなかった。最寄りの駅に着いてからの雨中の強行軍を『懺悔録』のなかで彼はこう記している。

「どのような精神状態で、いや！　どのような心理状態で私がこの恐ろしい旅路をたどったかを想像していただきたい。私は、雨と、汗と、涙にびしょぬれになって、やっと村はずれにたどり着いた。――それというのも、私は、彼女がまだ生きていてくれるかしらと心配でたまらなかったからだ。ああ、どんなに私は彼女を愛していたことだろう！　だが、その村外れまで来ると、そこから、はじめに一つ、ついで二つ、つづいて三つと鳴る弔鐘が聞こえてきた。気違いのようになった私は途中のとある一軒の居酒屋に入った。

「ああ！　ヴェルレーヌさんですね……」

「それでD……夫人は？」

「これから埋葬にでかけるところです。」

本当に、それからものの一分とたたぬうちに私は彼女の住居にたどりついたが、そこでは、間もなく、あのおぞましい葬列が出発しようとしているところだった。（……）泥にまみれ、濡れ鼠になった犬のように湯気を立てながら、一日じゅう、絶え間なく降り続いた豪雨のなかを、私は、永遠に愛惜してやまぬ、大切な、やさしい、熱愛する従姉エリザのあとをついていった。（……）そうだ、私の熱愛する従姉の埋葬が終わって三日というもの、私はビールをつぎからつぎへと飲むことだけで自分を支えていた。わたしは酔いどれになった……」

ヴェルレーヌがアルコールを浴びるように飲むようになったのはエリザの死が引き金となったのであるが、この時の彼の度はずれの悲しみぶりは周囲の人々を驚かしたという。それはかけがえのない恋人を失った人だけが知る深い悲しみにほかならない。

III

青春の墓標

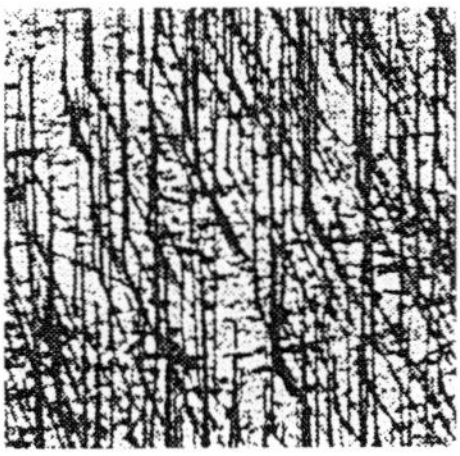

『サチュルニヤン詩集』

この詩集が一八六六年一〇月に自費出版されたことについてはすでに述べた。この時ヴェルレーヌは二二歳だった。しかし彼はこれ以前にも自分の詩や散文を活字にしたことがなかったわけではない。詩編としては一八六三年八月に「進歩評論」誌に「プリュドム氏」を初めて発表した。散文としては六五年一一月から一二月にかけて「進歩評論」の後継誌「芸術」に三回にわたってボードレール論を発表した。ほかにも詩や散文を活字にしたことがあるが、とりわけ注目すべきは一八六六年四月に『現代高踏詩集』の第九分冊に詩編を七編発表したことであろう（一編を除き『サチュルニヤン詩集』に再録）。ちなみにヴェルレーヌの処女詩集は『現代高踏詩集』を出したルメール書店から刊行された。

ボードレールの洗礼

二二歳の若い詩人の処女詩集に先輩詩人たちの声が混じっていたとしてもけだし当然であろう。ユゴーだとか、ルコント＝ド＝リールだとか、バンヴィルだとか、ゴーチエだとか、アロイジュス＝ベルトランだとか、さらには若いリカールやグラチニーの名前なども挙げられている。しかし、なんといっても圧倒的影響力をもったのがボードレールであったことは間違いない。ヴェルレーヌ

『サチュルニヤン詩集』

は六一年頃に『悪の華』の詩人の洗礼を受けたらしい。してみれば前記のボードレール論は尊敬し敬愛する先輩詩人に対する熱烈なオマージュにほかならない。第一次『現代高踏詩集』への寄稿によって実質的なデビューをはたした関係でどうしても高踏派の重鎮ルコント＝ド＝リールの「不感無覚」(impassibilité) の詩学との関わりが取りざたされる嫌いがあるけれども、アントワーヌ＝アダンに拠《よ》ればそれは「ほぼ間違いだ」ということになる。アダンはヴェルレーヌのボードレール論を論拠にしつつ次のように述べている。

「『サチュルニヤン詩集』はただひたすらに、情熱的な信念で純粋〈芸術〉と不感無覚の教義を主張している。すぐに思い浮かぶのはルコント＝ド＝リールの名前である。これはほぼ間違いだといって差し支えないだろう。というのも、この教義を、ヴェルレーヌは前年の「芸術」誌の論文で展開していたのであり、ボードレールを組上《そじょう》に載せてであったから。天晴な大胆さで、彼はボードレールの悪魔主義が二義的な性格しかもっていないことを断言し、〈芸術〉の教義を強調した。すなわち、〈美〉と〈真〉と〈有用〉の各々の独立性、情熱に対する不信、あの演芸台である〈霊感〉と、あのペテン師たちである〈霊感を受けた輩《やから》〉への軽蔑。『悪の華』のなかで彼が感心するのは悲壮な告白ではなくて、感動が最高潮に達した瞬間でさえも詩人が決して失うことのない自制心、氷のような冷静さ、ダンディな詩人の沈着な無作法、いかなる語も、いかなる構文も、いかなる脚韻も偶然の成果ではない、一線一画にいたるまですべてが長い瞑想の結果であるような作品のもつ意識的で意志的な性格である。／以上がヴェルレーヌが着想を獲た教義であり、ボードレールが彼の師匠である。もし仮にルコント＝ド＝リールの弟子だと人に言われたら、おそらく彼はびっくりするだろう。」

こういったボードレール伝来の意識的＝構成的詩作方法論は――高踏派のそれもオーバーラップしているのだが――『サチュルニヤン詩集』の「エピローグ」という詩編にはっきりと打ち出されている。

ああ〈霊感〉よ、人は一六歳の時にはそれに助けを求めるものだ！
（……）
まるでグラスのように言葉を彫琢《ちょうたく》し、感動的な詩句を
はなはだ落着き払って作るわれわれにとって、
（……）
われわれにとって必要なのは、それはほのかなランプの光のもとで
贏《か》ち得られた技量であり、抑えられた眠りだ、

版画中の老ファウストの、両手に抱えられた額《ひたい》だ、
〈粘り強さ〉であり、〈意志〉だ！
(……)
われわれにとって必要なのは、たゆみない研鑽《けんさん》であり、
未聞の努力であり、類いない闘いだ、
それは夜だ、仕事の夜だ、そこからゆっくと、
ゆっくりと太陽のように〈作品〉が立ち昇ってくるのだ！
(……)
さあ、〈思想〉の鑿《のみ》でもって、〈美〉の
汚れなき塊を彫り上げよう……

独自の個性の湧出

「エピローグ」で宣言された意識的＝構成的詩法の実践例と思われる作品が幾つかあるが、一番成功したものは巻末の二編「チェザーレ＝ボルジア」と「フェリーペ二世の死」であろう。そして、まさしくこの二編が、この詩集刊行時の数少ない反響の一つであるアナトール＝フランスによって書かれた書評のなかで賞賛された作品だった。あるいはまた、サント＝ブーヴが詩集献呈の礼状のなかでやはり上記の二編への好み——ほかに「ダリ

ア」も挙げているが――を表明している。こうした評価は現代のわれわれにとっては意外な感じがするけれども、時代の好尚《こうしょう》はやはり「不感無覚」の客観的な絵画性にあったのだろう。それにもしかすると、前記二編を含み、詩集の過半を占める「奇想曲」以下の部分――詩編数は一七編であるが長い作品が多い――に対してヴェルレーヌ本人もわれわれの予想以上に自信をもっていたのではあるまいか。現代のわれわれから見ればリセの学生の達者なレトリックと器用なプロゾディー（韻律法）の開陳としか映らないけれども。

事実、『サチュルニヤン詩集』のかなりの作品がヴェルレーヌのリセ時代の所産であるらしい。作品から受ける印象からもそんな推定は可能だが、本人自身がそのことを証言している。ヴェルレーヌは一八九〇年版序文草稿――結局序文としては使われず、「『サチュルニヤン詩集』考」として雑誌に発表されることになったが――のなかで一四分の三の作品」はリセ時代に書かれたと記している。さらに『懺悔録』のなかでは詩集全体が書かれていたと極言している。詩的早熟性を誇りたい詩人の心理は分からぬでもないが、『サチュルニヤン詩集』全体がリセ時代に書き上げられたという主張はとうてい受けいれ難いだろう。

リセ時代の最後の頃（一八六二）にはすでに言及したようにボードレールの洗礼を受け、その影響をもろに受けたり、リセ卒業後は文学的交友も広がったりという具合で、ヴェルレーヌの詩的世界は急速に深まった。それに人生の悲しみも知った。ヴェルレーヌ大尉が一八六五年一二月三〇日に脳溢血で急逝したのだ。喪に服するにはふさわしくないあいにくの時期であったが、ヴェルレーヌは軍関係に働きかけて亡き父の位階にふさわしい立派な葬儀をいとなんだ。この孝行息子ぶりからも容易に推察できるように、ヴェルレーヌは自分に優しかった父親を敬愛していた。それだけに彼の心は悲しみでいっぱいだったはずだ。さらに、ボルネックの説に従えば従姉エリザ＝モンコンブルとの恋愛もあった。

こんな風にヴェルレーヌはリセ卒業時から数年の間にさまざまな人生体験を積んでいる。人間的にも一回りも二回りも大きく成長したはずである。『サチュルニヤン詩集』に即して言えば、先ほど触れた習作詩編の名残をとどめている「奇想曲」以下の部分と、傑作が集中している「メランコリア」「悲しい風景」との間の断層である。

処女作にその作家のすべてがあるとはよく言われることであるが、ヴェルレーヌの『サチュルニヤン詩集』についてもこの警句は当てはまるようだ。高らかに宣言された理論の射程外のところで、独自な個性の湧出が見られるのだ。

『サチュルニヤン詩集』の構成

自分の処女詩集に対して当初ヴェルレーヌは現在のような大向こうをねらった派手な表題ではなく、「詩編とソネット」という平凡でおとなしい表題を想定していた。しかし、ソネット（一四行詩）の数が集まらず均衡を欠いた構成になってしまうのを恐れてか、この計画は破棄された。あるいは「メランコリア」は別個に膨らませて印行する予定もあったらしい。詩集の表題や形態をめぐってかなりの揺れがあったようだが、最終的な表題はボードレールの一句から採られたことはほぼ間違いないようだ。

心穏やかにして、牧歌的な読者、
控えめで純真な有徳の士よ、
酒盛りのようで憂鬱な、
この、不幸な星のもとに生まれた《サチュルニャン》書物を投げ捨てよ。

（「禁書への題辞」）

この詩編に一八六一年にいったん活字になったが、一八六六年の第一次『現代高踏詩集』第五分冊（ボードレール『新・悪の華』）の冒頭に再び掲げられた（ちなみに、すでに触れたようにヴェルレーヌはこのシリーズの第九分冊に初めて登場する）。サトゥルヌス的＝サチュルニヤンという特殊な形容詞を処女詩集の表題に採択したについては、やはりヴェルレーヌのなかに特別な思いが働いたにちがいない。思うに、サチュルニヤンなる語の採用は『悪の華』の詩人に対する最大級のオマージュであっただろう。この語の意味するところは、第I章の終わりですでに詩集巻頭の序詩（「その名に恥じない昔の〈賢者たち〉は……」）を全行紹介したので今さら贅言を要しまい。

多少の手直しはあったけれども、最終的には詩集の構成は次のようになった（アラビア数字は野内が便宜的に付したもの）。

1　序詩
2　「プロローグ」
3　「メランコリア」　（八編）
4　「エッチング」　（五編）
5　「悲しい風景」　（七編）
6　「奇想曲」　（五編）
7　「……」　（一二編）
8　「エピローグ」

「奇想曲」の章が、仮に「……」で示した部分の一二編を含むかどうかについては不明である。「奇想曲」の五編はローマ数字が付されているが、「……」の一二編には付されていない。内容の上からは6と7は一つにまとめてもなんら差し障《さわ》りはないと思われるけれども。『悪の華』のあの見事な建築的構成と比較するのは酷かもしれないが、それにしても上で触れた6と7の関係も含めてボードレールの弟子を自認する詩人にしては詩集の構成が粗雑で、いかにも寄せ集めの印象は拭いえない。序詩や「プロローグ」や「エピローグ」など大層な道具だてがととのっているだけに構成の不備が嫌でも目につく。とりわけ、作品の質はこのさい問わないにしても、4、6、7の部分の雑然とした座りの悪さが気になるところである。

構成のアンバランスに見合うように、まさしく『サチュルニヤン詩集』は玉石混淆《こんこう》の詩集である。玉である作品にはすでにしてヴェルレーヌの独自性がくっきりと刻印されている。それらの作品ではヴェルレーヌの詩的才能は十全に開花している。二〇歳そこそこの詩人とはとうてい思えない作品の完成度はヴェルレーヌが天性の詩人であることを如実に証し立てている。

ヴェルレーヌという詩人は時とともに成長してゆく大器晩成型のタイプの詩人ではない。詩を書きはじめてすぐに詩的絶頂をかいま見てしまうタイプの詩人だ。「エピローグ」での意識的＝構成的詩法の宣言にもかかわらず本来ロマン主義的傾向の強い詩人である。だから才能を磨くことではなく、むしろ才能の持続・維持が問題になる詩人だ。ギリシア神話に登場するあの、触れるものがすべて黄金に変わるミダス王のように、ヴェルレーヌの手にかかればなんでもかんでも詩になってしまう。生涯に二〇巻の詩集を発表した詩人はそうざらにいるものではない。長所と短所はここでも隣り合わせである。天性の詩人というものは駄作もたくさん作ってしまうものなのだ。この傾向もまた処女詩集にすでにはっきりと示されている。すでに指摘したように6と7の部分にはとりわけ石がかなり見受けられるようだ。

暗示の手法

ヴェルレーヌの本質を伝える佳品は「メランコリア」と「悲しい風景」に集中している。

エリザ＝モンコンブルとの恋に触れて「ネヴァモアI」「よく見る夢」「ある女に」の主要部分をすでに引用したが、どの作品もせつない恋心を、あるいは思い出に、あるいは夢に、あるいは不特定の女性に仮託して遠回しに表現している。重複を恐れず「よく見る夢」を引用するが、今度は上田敏の名訳で引用しておこう。敏いうところの「象徴派の幽婉体《ゆうえんたい》」にじっくり耳を傾けてほしい。

常によく見る夢乍《なが》ら、奇《あ》やし、懐《なつ》かし、身にぞ染む。
曾《かつ》ても知らぬ女《ひと》なれど、思はれ、思ふかの女《ひと》よ。
夢見る度のいつもいつも、同じと見れば、異《ことな》りて、
また異らぬおもひびと、わが心根《こころね》や悟《さと》りてし。

わが心根を悟りてしかの女《ひと》の眼に胸のうち、
噫《ああ》、彼女《かのひと》にのみ内證《ないしょう》の秘めたる事ぞ無かりける。

蒼ざめ顔《かほ》のわが額、しとゞの汗を拭い去り、
涼しくなさむ術《すべ》あるは、玉の涙のかのひとよ。

栗色髪のひとなるか、赤髪《あかげ》のひとか、金髪か、
名をだに知らぬ、唯思ふ朗《ほが》ら細音《ほそね》のうまし名は、
うつせみの世を疾《と》く去りし昔の人の呼名《よびな》かと。

つくづく見入る眼差《まなざし》は、匠《たくみ》が彫《ゑ》りし像の眼か、
澄みて、離れて、落居《おちゐ》たるその音聲《おんじやう》の清《すず》しさに、
無言《むごん》の聲の懐かしき戀しき節《ふし》の鳴り響く。

主題そのものはロマン派的なものだが、ミュッセのような激情の表出もないし、甘ったるい感傷性もない。抑制のきいた歌いぶりである。
悲しい恋の後日談の趣のある「三年後」を次に写しておこう。ヴェルレーヌの暗示の手法の真骨頂をとくと味わって欲しい。

ぐらつく狭い戸を押して、
小さな庭園をそぞろ歩けば、
朝日が優しくあたりを照らして、
一つ一つの花に濡れた光を煌《きら》めかせる。

変わったものは何もない。すべては元のまま。
ブドウの生い茂ったあずまやといくつかの籐椅子……
噴水は相変わらず銀色のささやきを続け、
古木が果てしない嘆きでふるえている。

バラの花は以前のように揺らめき、以前のように、
つんと取り澄ました大輪のユリが風に揺れる。
行ったり来たりするヒバリはどれも見覚えがある。

モクセイソウのむっとする匂いのなか、並木道のはずれに
ほっそりと立つローマの巫女ヴェレダの像も見つけたが、

その石膏は剝げ落ちていた。

三年前と何も変わっていない。木々や花々や噴水やあずまやは昔と同じだが、ただ一つ変わったことがある。この風物を共有した女性、恐らくはあずまやの籐椅子に腰掛けて愛を語りあった女性――彼女だけがこの昔のままの風景には欠けているのだ。石膏の剝げ落ちた巫女像には愛の消滅がほのめかされているのだろう。この物悲しい風景は詩人の心象《しんしょう》風景でもある。二〇歳そこそこの詩人としては驚くほどの老成した達観である。

「悲しい風景」と音楽

不幸な星のもとに生まれた詩人の心は淋しく悲しい。詩人は好んで「悲しい風景」を題材に選ぶ。「悲しい風景」を構成する七編の詩編が、落日（二編）を、黄昏（一編）を、秋（一編）を、月（二編）を、夜（一編）を歌っていることはやはり注目すべきだろう。すでにしてヴェルレーヌは「デカダンス」の詩人である。「没《しず》む夕陽」は落日のメランコリーを伝えて間然するところがない。

力の萎《な》えたあけぼのが
没《しず》む夕陽の

メランコリーを
野にふりそそぐ。
没む夕陽に
酔いしれるわが心を
メランコリーが
やさしい歌で静かにゆする。
砂浜に没む
夕陽のように
紅《くれない》のまぼろしか
妖しい夢が
つぎつぎと通り過ぎる、
砂浜に没む
大いなる夕陽さながらに
つぎつぎと通り過ぎる。

とりわけ「秋の歌」は集中の絶唱である。第Ⅰ章の冒頭に掲げた上田敏の訳をもう一度読み直してほしい。この訳詞によっても原詩の醍醐味は十分味わっていただけると思うが、あえてつたない拙訳を次に掲げる。その理由はあとでお分かりいただけると思う。

秋のヴァイオリンの
そのじょうじょうたる
すすりなきが
単調な
ものうさで
私の心をかきむしる。

晩鐘《かね》が鳴れば、
息もつまり
青ざめて、
帰らぬ昔を
想い出し、
そぞろ涙ぐむ。

意地の悪い風に
はこばれて、
枯葉のように
あちらこちらと
もてあそばれる私。

まず注意すべきはこの詩の響きのよさである。右の訳文では原詩の音楽性を残念ながら伝えることはできなかった。その意味では上田敏の流麗な訳文はその一端を伝える工夫の現れだったのだと今さらながら頭の下がる思いである。ヴァイオリンとせずに、原詩の「ヴィオロン」をそのまま生かしたのも、単なる異国趣味からではなく後者の音のひびきに注目したからだろうか。事実、原詩は鼻母音の効果を巧みに使っている。試みに次に第一連を仮名表記してみよう。

レ・サングロ・ロン
デ・ヴィオロン
ドゥ・ロトンヌ
ブレス・モン・クール

デュヌ・ラングール
モノトンヌ

みられるとおり「オ」とその鼻母音が多い。ところで「オ」という母音は暗い母音である。それが鼻母音化して「オン」になれば音が鼻にかかり、音色《おんしょく》がぼやけて不鮮明になり、鈍いこもった音になる。暗い母音や鈍い鼻母音が支配的になれば、勢い衰弱した、暗い、メランコリックな雰囲気が漂うことになる。「秋の歌」が描出するイメージにふさわしい音楽を奏でているといえよう。すでに述べたように後年ヴェルレーヌは「何よりもまず音楽を」と揚言したが、声高な宣言よりもはるか以前に詩人はそのことをちゃんと実践していたことになる。

そして第一連の「音楽」はヴァイオリンの音を喚起していることは間違いないのだが、問題はそのヴァイオリンが果たして現実のヴァイオリンなのか、あるいはほかの何かを暗示しているのかということだ。上田敏が「秋の日のヴィオロンの」と訳したところを私はあえて「秋のヴァイオリン」と訳したのは理由がある。私は堀口大学の「秋風のヴィオロンの」という訳を可とするからだ。もちろん原詩には「日の」も「風」もない。私の訳のようにただの「秋のヴァイオリン」だ。してみれば、余分な言葉を補ったのは考えあってのことで、そこに両訳者の工夫を見るべきだろう。二人の訳者は言葉の座りのよさや音調を商量したはずだ。しかし問題はそれだけにとどまらない。

「日の」と「風」の言葉の挿入には両者の解釈の違いも投影されているようだ。上田敏がもともとどんな立場を採っていたのかとは別に、「秋の日のヴィオロン」という訳からは「秋の日に弾かれている（聞こえてくる）ヴィオロン」をイメージするのが一般であろう。しかし「秋のヴァイオリン」はレトリックで言うところの「隠喩」であり、秋に吹く風をヴァイオリンに見立てているのだ。ひゅうーひゅうーと吹き続ける物悲しい単調な秋の風。かなり烈しい風なのだろう。上田敏はなぜか訳さなかったけれども、「意地の悪い風」とはかなりの向かい風のことであり、「秋のヴァイオリン」を秋の風と解釈することによって「秋の歌」は首尾一貫すると思うのだが、いかがなものだろうか。

北海道よりも高い緯度に位置するパリの秋は物悲しい。フランス（パリ）の四季は実際には秋がなく夏からただちに冬に移るという感じで、秋は日本人の感覚では冬のように感じられる。高緯度のため秋ともなると陽は非常に早く暮れる。吹く風はまるで木枯らしを思わせる。その悲しげな風の音に詩人は物悲しい思いにとらわれる。ふと風の音を破るように晩鐘があたりに鳴り渡る。物思いにふける身には、時を告げる鐘が、弔鐘とも聞きなされたのであろうか。過ぎ去った昔の事が脳裏をかすめて、思わず涙がこみ上げてくる。悲しい想いを胸に、向かい風に歩き悩むわが身を風に翻弄される一葉の枯葉と思いなす。なんということもない秋の日の一情景である。ささやくような語り。喚起される物悲しい風景。秋の風をヴァイオリンに見立てる「隠喩」。寄るべない身を枯葉に比べる「直喩」。一つ一つを取ってみればそんなに独創的な発想とも思えない。しかしそれらが「音楽」によって一つにまとめられるとき、神韻縹渺《しんいんひょうびょう》たる世界が醸成されることになる。とうてい二〇歳を越えたばかりの若者の手になる作品とは思えない。この「秋の歌」はただに若いヴェルレーヌの心境を歌いあげているだけではなく、彼の生涯をも予見し要約したものであろう。まさに入神の域に達したとも言うべき作品である。

詩集と伝記的事実

あらためて言うまでもないことだが、詩作品（文学）と伝記的事実（人生）とは必ずしもぴったり対応するものではない。たとえば光彩陸離《りくり》とした海上風景を展開するランボーの有名な「酔いどれ船」は詩人がまだ海を見たことがなかった時期に書かれたものだ。『サチュルニヤン詩集』にも「海景」という佳品があるが、これを書いた時もヴェルレーヌはまだ海を見たことがなかった。

ところで『サチュルニヤン詩集』のなかの愛を歌った作品、あるいは「悲しい風景」を喚起するメランコリックな作品は詩人の純粋な空想の所産なのだろうか。この点に関してエドモン＝ルペルチエの立場は実に明快である。

「『サチュルニヤン詩集』というこの青春期の詩集のなかにはいかなる内面の吐露も、いかなる告白も、いかなる打明け話の痕跡も見られない。後年、伝記的事実をあからさまに公表し、それに溺れすぎ、散文で、詩句で、口頭で、さらにはデッサンでも自己を語ることになるはずの彼がだ。若い詩人が完全に客観的な自己を公けに示すことは甚だまれな現象である。ボードレールでさえその「祝福」や『悪の華』のほかのいくつかの作品で、母親や、愛人たち、旅行、自分の実際の趣味に言及している。（……）詩集の全体を通じて、詩人の人生の特定の事件や、なまの印象、肌で感じとった喜びないしは悲しみに関連していそうな作品は一編も見あたらない。（……）女たちにあてられた詩句は受取人に、彼が知っている生身の女性をもたない。彼が告げ歌っている諸もろの苦しみは単に頭のなかで考えられたことにすぎない。（……）当時の彼はまだ人生からいかなるショックも受け取っていなかった。彼は若く、健康で、恋の悩みもなく、手近かの安直な快楽で満足し、財布は十分に膨らみ、そんなにしんどくはない勤めを終えるとしこたまアペルチフをあおって上機嫌になっていた。彼は将来を思い煩うこともなく、母親の家でのうのうと規則的に生活していた。彼のメランコリックな嘆きはまったく知的で観念的なものであった。」

詩人を一番身近に知っていた親友の証言であり、その発言には信を置きたいのは山々であるが、どうも余りにも素朴すぎる判断のように思えてならない。確かに外目には若いヴェルレーヌは暢気《のんき》で気楽な独身貴族をエンジョイしているように見えたかもしれない。だが、ひとたび内面世界を覗《のぞ》いてみればそこには余人にはうかがい知れない暗い深淵があんぐりと口をあけていたかもしれない。人はえてして最も深い苦しみは他人に語らないものである。たとえ親友であっても。というよりも親友であればなおのことと言い直すべきかも知れない。

すでに言及したようにヴェルレーヌは本人の証言によれば一二、三歳で自慰の快楽に目覚めている。これまでその機会がなかったので紹介しなかったが、一六歳の頃寄宿舎の下級生に同性愛的な友情を感じている。エロチシズムがヴェルレーヌの人生においていかに重要なファクターであるかは、そのたび重なる恋愛体験を思い出すだけでも容易に確認されるだろう。まさしくヴェルレーヌはエロチシズムの詩人と捉えるべきだというのがわれわれの主要な主張の一つである。ヴェルレーヌは人間的にも思想的にも複雑で「二重の人」と呼ばれることがあるが、そのエロチシズムにおいてもどっちつかずの「両刀使い」である。同性愛の原因が先天的（たとえばホルモン説）か後天的（環境）かという問題は現代の精神医学でも係争中のようだが、ヴェルレーヌの場合は現象的に見れば、少なくとも当初は異性への愛が抑圧を受けたので同性愛が発現したと考えてよいだろう。しかもこれは人が同性愛に目覚める一番多いケースでもある。

これまでにも何度か指摘したがヴェルレーヌは恐ろしく醜かった。容貌の醜さ、これは春に目覚める頃の少年にとって——もちろん少女にとってはなおさら——深刻な悩みである。死んでしまいたいくらいの悩みだろう。異性に向かうべきエロチシズムが手近の「年下の」友人に埋め合わせを求めるのはむしろ当然すぎる成りゆきだ。あるいは同性に向かっていたエロチシズムが自分を理解してくれる優しい「姉」に逆流することも大いにありうることだ。エリザ＝モンコンブルとヴェルレーヌの関係についてはすでにわれわれの立場を明らかにしておいた。たとえその恋がほのかな忍《しのぶ》恋《こい》であったとしても、ヴェルレーヌのエロチシズムにおける鬱積した葛藤を考えれば、そのわずかな核を中心にして「メランコリア」や「悲しい風景」の物悲しい心象風景がつむぎだされることは十分に可能だ。ほんのわずかな刺激でも詩人の想像力は高く舞い上がるものである。ルペルチエ自身も確認しているようにヴェルレーヌという詩人は自己を語ってやまなかった詩人であるとすれば、処女詩集のなかでヴェルレーヌが自己をまったく語っていないと考えるのはかえって不自然だろう。事実、彼は自己を語ったのだ。ただ直接的にではなく、あくまでも間接的に。

『サチュルニヤン詩集』には若いヴェルレーヌのエロチシズムの悲しみがあちらこちらに点綴《てんてい》されている。ルペルチエの『サチュルニヤン詩集』についての指摘はむしろヴェルレーヌの第二詩集『雅《みなび》なうたげ』にこそふさわしいであろう。

『雅なうたげ』

『サチュルニヤン詩集』から『雅なうたげ』へ　すでに触れたように『サチュルニヤン詩集』が刊行されるのを待たずして——一八六六年一〇月には印刷は完了していたが、刊行されたのは六七年三月——エリザ＝モンコンブルが死んだ。この時のヴェルレーヌの落胆ぶりはすでに紹介したとおりだ。一年余り前にも彼は父を亡くしていた。この肉親の相継ぐ死はヴェルレーヌに大きなショックを与えたにちがいない。エリザの死以来彼の酒量が急に増えたという。悲しみを忘れるためにヴェルレーヌは酒に溺れるようになったのだろう。彼はボードレールの『パリの憂鬱』のなかの言葉を自分に言い聞かせていたかもしれない。「常に酔っていなければならない。すべてはそこにあり、それこそが唯一無二の問題だ。」（「酔え」）

この当時の詩人が置かれていた暗い惨めな心境は「敗者たち」という詩編にうかがうことができる。この作品はエリザの死から三カ月後の一八六七年五月二〇日の「ガゼットーリメ」紙に「詩人たち」という題で初めて発表され、一八七一年の第二次『現代高踏詩集』に再録され（四章のうちの最初の二章のみ）、後に詩集『昔と近ごろ』に収録された。『現代高踏詩集』に採録された関係であろうか、この詩はよくパリ・コミューンと結びつけて解釈されるが、事実はヴェルレーヌの個人的な「敗北」が歌われているだけなのだ。前に最愛の妹を思慕するマラルメの「秋のなげき」を引いたことがあったが、「敗者たち」もまた理想の女性の死を悼《いた》んだ挽歌にほかならない。そこには、あとに独り取り残された人間の悲哀が吐露されている。

〈人生〉は勝ち誇り、〈理想〉は死んでしまった。
見よ、吹き抜ける風に喜びの叫びをあげながら、
勝者の酔った馬はわが仲間たちを打ちひしぎ、痛めつけるが、
ただ、わが仲間たちの落馬する姿は気品がある。

ああ、潰走《かいそう》にもかかわらず生き恥をさらすわれわれだ！
足は傷つき、眼は濁り、頭は重く、
血だるまで、気力もうせ、泥にまみれ、名誉もうしない、疲れはて、
胸にわだかまる不満を抑えきれずにわれわれは行く。

家もなく、息子もなく、明日もないやもめたち、孤児たち、

われわれは宵闇の道を当てずっぽうに行く、
人殺しのように、卑劣漢のように
燃えさかるなじみの森の光をめざして！

ああ！　われわれの運命はまったく申し分がなく、
ついに希望は廃滅され、敗北は必定《ひつじょう》だから、
また、どんな努力も甲斐がなく、
憎しみを抱いてもまた同じであるからには、

夜のとばりが降りる頃、われわれは
葬儀の愚かな希望を捨て去り、
ひそかに音もなく死に身をゆだねさえすればよい、
芸術の戦闘《たたかい》の敗者たちにはそれがいかにも似つかわしい。

この頃、ヴェルレーヌはなにもアルコールばかりにのめりこんでいたわけではない。この詩人は精神的に落ち込んだ時には酒に溺れるか、詩作に打ち込むか、あるいは官能に身をゆだねるか、こ

の三つのパターンに走る。自分がはまりこんでしまった絶望的な精神状況を打開するためにヴェルレーヌは文学的活動にも活路を求めた。彼の詩作活動は父の死や従姉の死に際会しても途切れることはなかった。一八六六年の末から一八六九年の初め、つまり『サチュルニヤン詩集』から『雅なうたげ』までの時期、ヴェルレーヌはさまざまな文学的グループと接触している。

すでに見たような行きがかりから、もちろん高踏派の根城であるルメール書店の「パルナスの中二階」には顔を出していたが、カフェ＝ガーズあるいはカフェ＝ボビノでヴァラードやメラやアルマン＝ルノー、エミール＝ブレモン、グラチニー、フランソワ＝コペーと落ち合う方を好んだ。とりわけコペーとはうまが合った。彼らは高踏派の分派みたいなグループを形成して、多くが共和主義者ウージェーヌ＝ヴェルメルシュが主宰する雑誌「黄金虫」に協力した。またヴェルレーヌはニナ＝ド＝ヴィラールの解放的で陽気なサロンにも顔を出した。ニナは当時二五歳で、数年前から夫とは別居中の身だった。彼女は音楽と詩の才能があり、日本の着物を着て客を接待した。モンマルトルやカルチエ＝ラタンの詩人や芸術家たちが大勢集まった。ヴェルレーヌはそこでシャルル＝クロやヴィリエ＝ド＝リラダンやアナトール＝フランスなどに出会った。ヴェルレーヌはどこでも陽気にふるまい好感を持たれた。

文学的な交友関係が広がるにつれ作品を発表する機会も増えてきた。すでにその一部を紹介した「敗者たち」が創作時期を伏せれば反体制的な作品と受け取られる可能性があることからも推察されるように、ヴェルレーヌは社会的関心を示す作品も書いている。その一方で、きわどいエロチックな作品も手がけ、一八六七年末に『女友達、サッフォー風の恋愛場面』をブリュッセルで秘密出版し、発禁処分を受けた（後に詩集『平行して』に収録される）。こんなことからも分かるようにヴェルレーヌは先輩や友人の影響を受けやすい詩人であるが、とにかく彼の詩的音域が広がったことは確かだ。その端的な現れが第二詩集『雅なうたげ』である。

『雅なうたげ』のプレオリジナル

内容はしばらくおいてその構成だけに的を絞ってみても第一詩集との違いは歴然としている。『サチュルニヤン詩集』はすでに注意したように雑然としたまとまりのない詩集であったが、『雅なうたげ』はかなりきっちりとした構成を持っている。その成立過程についてはほとんど知られていないが、プレオリジナルの発表の仕方に注目すると、ヴェルレーヌがかなり早い時期から明確なプランを持って詩編を書きためていたことが推量できる。

一八六七年二月二〇日の「ガゼット・リメ」紙に「月の光」と「マンドリン」を発表した。「月の光」と「マンドリン」はプレオリジナルではそれぞれ「雅なうたげ」と「トリュモー」と題されていた。詩集巻頭を飾ることになるはずの重要な作品がすでに詩集名と同じ表題を冠せられていたことはやはり注目に値するだろう。それだけではないのだ。翌一八六八年七月一日の「芸術家」誌に、この時詩集の掉尾《とうび》を飾ることになる「感傷的な対話」を含む六編の作品が一挙に掲載されるが、

「新・雅なうたげ」という総題が冠せられていたのだ。そして一八六九年三月の「芸術家」誌に「お供」と「地に落ちた愛神像」が「詩」という総題のもとに発表された（ちなみに詩集の印刷はこの時点で完了していて、三月末に刊行された）。『雅なうたげ』は二二編の詩編から構成されているが、見られるとおりそのうちの一〇編は詩集刊行以前にすでに活字になっていたことになる。

プレオリジナルの発表形態から『雅なうたげ』がかなり計画的に構築されたことが判明する。こうした詩集の性格は内容を検討することによっていっそう確かめられるはずだ。

ヴェルレーヌとヴァトー

『雅なうたげ』はその成立過程についてはきわめて情報が不足しているが、それにひきかえ「源泉《スールス》」についてはむしろ多すぎるくらいで、こんな薄っぺらな詩集によくまあこれほどもとびっくりする位だ。これほど多くの源泉を突きつけられると、ヴェルレーヌの付け加えたものはなんだったのか、あるいはその独自性はどこにあるのだろうかと考え込まざるをえなくなる。しかし事実は、種はいろいろあったにしてもそこに詩人の想像力＝創造力が大きな変容を加え、独自な世界が形成されたと考えるべきだろう。

第二帝政期のフランスでは一八世紀のロココ風な文化が流行《はや》った。「雅なうたげ」に対する関心もその一環であった。これはヴァトーやフラゴナールやランクレらが好んで取り上げた優雅で、牧歌的な画題である。ルイ王朝の貴族たちは広大な美しい庭園で、野外の宴をもよおした。彼らは牧人やイタリア喜劇の登場人物の扮装をして、歌い、踊り、恋を語り、食事をして楽しんだ。もともとアカデミーによって「雅なうたげ」と題されたこともあったヴァトーの「シテール島への巡礼」（あとで触れるはずだが通称の「シテール島への船出」は画題とはそぐわない）がよくその雰囲気を伝えている（ちなみに言えば、『雅なうたげ』所収の作品が書かれていた当時、一般公開されていたヴァトーの実物はこの作品だけだったという）。

実物を眼にすることは困難であったが、ヴァトーは書物やエッチングなどによって広く紹介されていた。文学者たちのなかにも関心を寄せる人が出てきた。ゴンクール兄弟や、ゴーチエ、グラチニー、ユゴーなどである。ここに名前を挙げた文学者はヴェルレーヌに影響を与えたことが確実視されている人たちだが、ジャン＝ムーロの指摘するように「ヴェルレーヌのヴァトーは実際のヴァトー（光彩陸離として比較的輪郭のはっきりした）ではなくて、詩人の夢想によって開拓され創り直されたヴァトーである」。

「雅なうたげ」の世界

それでは『雅なうたげ』の描き出す世界とは具体的にはどんなものなのだろうか。堀口大学が巧く要約しているのでまずそれを写しておこう。

「其所には、あわただしい身振で、そのかみの日の恋の傀儡《かいらい》である、欲深なピエロ、おてんば娘のコロンビイヌ、だまされ役のカサンドル、放逸な好男子のアルルカン、恋慕流しのクリタンドル、

「シテール島への巡礼」　ヴァトー筆

フアルバラ姿のアミントたちが、逢ったり別れたり、別れたりまた逢ったり、愛したり怨んだり、追ったり追われたりしているのである。恋の苦労のほかには世の中には何一つ心がかりも苦労もないらしいこれ等の人々のあいだの、口説やらむつごとやら、さてはやりとりの恋文やら、または彼等の恋の舞台である、ワットオ好みの庭園の奥、詩人はこれ等の人物に、明るい色の繻子《しゅす》の着物をきせて、心がかりもなさそうな恋の三昧境を描いているのである。」(新字体、現代仮名遣いに改めた)

　ヴァトーの「シテール島への巡礼」は「ヴィーナスの島」恋の島を立ち去る間際の恋人たちのさまざまなポーズを描いている。恋人の肩ごしにまだ愛の言葉をささやき続ける伊達男。立ち上がろうとする女性に両手を貸す若い男。男に促されながらも後ろ髪を引かれるように振り返る女性。画面の右手から左手にカップルたちのさまざまな姿態が時間の経過を暗示しながら描かれている。恋の島での悦楽を反芻《はんすう》するような満ち足りたけだるさが画面いっぱいに広がっている。太陽の下で繰り広げられる、明るく伸びやかでゆったりとした「雅なうたげ」。

「雅なうたげ」とは一言でいえば恋の宴《うたげ》にほかならないのだが、ヴェルレーヌの『雅なうたげ』には憂愁の影が色濃くさしている。巻頭を飾る「月の光」は「雅なうたげ」の幕開けを告げると言うよりは、宴のあとの空しさをすでにして予告している。まるで宴の始まりは宴の終わりの始まりであるかのように。

きみの魂は選び抜かれた一つの風景、
仮面《マスク》と舞踏《ベルガマスク》に魅《ひ》かれつづける。
竪琴をかなで、踊りをおどる彼らの心は
風変わりな仮装の下で悲しみに近い。

恋の勝利を、わが世の春を
短調のしらべに載せて歌いながらも、
彼らはわが身のしあわせを信じていない素振り、
その歌声は月の光にまぎれて消える。

木々の小鳥を夢にいざない、
噴水を、大理石のあいだに楚々《そそ》と立つ
大いなる噴水をうっとりと啜《すす》り泣かせる、
悲しくも美しい柔らかい月の光よ。

「きみの魂」とはいったい誰の魂を指しているのだろうか。斎藤磯雄氏はヴァトーととって、この詩はヴァトー的な「雅なうたげ」の世界を描いているのだと解釈している（『詩話・近代ふらんす秀詩鈔』）。なかなか面白い解釈だが、選ばれた読者に呼びかけているとも取れるだろう。「きみ」に誰を想定するにしてもそこに詩人の心が重ね合わされていることは間違いない。すでに『サチュルニヤン詩集』でも出会ったケースであるが、月下の庭園でもよおされるこのにぎにぎしくも物悲しい「雅なうたげ」はヴェルレーヌの心象風景でもあるだろう。

結論を先取りしたような幕開けであるが、ヴァトーの「シテール島への巡礼」とは趣は異なるけれども『雅なうたげ』という詩集にもやはり時間の経過が感じられる。まず初めに恋の前哨戦の誘惑があり、駆け引きがある（「パントマイム」から「洞窟のなか」）。「うぶな人たち」のあたりから恋のほむらが燃え上がり、「貝殻」から「マンドリン」のあたりがクライマックスで、そのあとしだいに情熱がさめてけだるい雰囲気がただよいはじめ、「地に落ちた愛神像」で恋の宴の終わりが暗示される。勿論これは大まかな曲線で、その間には恋の手練や、恋の鞘当てや、恋文などが随所に配され、雅な恋の諸相が輪舞のように展開される。つまり、「月の光」と巻末の「感傷的な対話」を除く二〇編の詩編は直接的にあるいは間接的に恋の発端から恋の高揚を経て恋の終わりへ至る感情曲線を描いている。心憎いまでの結構。『サチュルニヤン詩集』のあのまとまりのない構成とは雲泥の差である。

恋の宴

それでは恋の各時期をよく示す作品を次に掲げよう。まず恋の前哨戦。「草の上」での口説きの場面。羊飼いに扮した四人の男女の丁々発止の掛合い（「カマルゴ」と呼ばれている女性は有名な踊り子）。

神父どの、聞きずてならぬことを。――おや、誰かとおもえば侯爵どのか、
鬘《かつら》が曲がっておりますぞ。
――このキプロスの古酒の旨いこと旨いこと、
でも、カマルゴさん、そなたの襟足の足もとには及びませんぞ。
――それがしの燃ゆる想いは……――ド、ミ、ソ、ラ、シ。

神父さま、あなたさまの腹のうちはお見通し！
――ご婦人がたよ、そなたたちに星の一つも取ってやれぬものなら、
それがしはいっそ死んでしまいたい。

――神父どの、拙者は小犬になりたいわ！
――ご婦人がたを次々と抱くとしましょうか、侯爵どの。
――殿方たち、それでは？
――ド、ミ、ソ。――さあ、おやすみなさい、お月さま！

意気投合した男女は人目を避けて庭園の奥の岩屋へ姿を消す。

二人が愛し合った岩屋に
はめ込まれた貝殻の一つ一つは
おのおの独特な趣がある。

わたしが燃え、きみが炎になるとき

ふたりの心臓の血からかすめとられた
わたしたちの魂の深紅を帯びた貝もある。

ぐったりとして、嘲《あざけ》るわたしのまなざしに
おかんむりのきみのけだるさと
蒼白さをまねる貝もある。

こちらはきみの耳たぶのなまめかしさを、
あちらはきみのふっくらとした
ピンクの短いうなじを想わせる。

だが、なかの一つがとりわけてわたしの心をかき乱した。　（「貝殻」）

貝殻を象眼した、ロココ風な繊細優雅な部屋での抱擁。「貝殻」はエロチシズムあふれる作品だ。愛のけだるさに沈む男女を尻目に恋の宴はなおもつづく……。そして恋の宴はその最後の高まりを示す。マンドリンの音がひときわ高くあたりに響きわたる。

セレナーデを奏でる男たちと
それに耳を傾ける美しい女たちが
さやさやと鳴る葉蔭の下で
とりとめもない言葉をかわす。

あれなるはチルシス、アマント、
いつまでも若いクリタンドル、
つれない女たちに性懲りもなく
恋の歌を書き送るダミス。

男たちの短い絹の上衣、
女たちの長い裳裾《もすそ》、
その艶やかさ、上機嫌、
おぼろにかすむ青い影、

それらがみな、ピンクと灰色の月の

恍惚とした光を浴びて渦を巻き、
時しも、さわさわとふきわたるそよ風に
マンドリンがひとしきりさんざめく。
（「マンドリン」）

そしていつしか音楽の音も「忍び音《ね》」に変わり、恋人たちは静寂のなかに取り残された自分たちを見いだす。

高い枝々の
ほの暗さに心を鎮めて、
この深い沈黙への
わたしたちの愛をきわめよう。

マツやヤマモモの
そこはかとないものうさに、
わたしたちの魂を、心を、
恍惚とした感覚を溶かそう。

さあおまえ、眼をなかば閉じ、
胸の上で両のかいなを組んで、
まどろんだおまえの心から
すべての雑念を追い払え。

おまえの足もとを吹きぬけて、
朽葉色《くちばいろ》の芝草を波だたせる、
心なごますそよ風の
ゆすぶるままに身をまかせよう。

黒々とした柏からしめやかに
夜のとばりが落ちるとき、
わたしたちの絶望の声か、
ナイチンゲールが歌いだす。

（「忍び音に」）

華やいだ喧騒《けんそう》のあとに来る静寂。仮装と音楽と舞踏の人工楽園に酔いしれ浮かれ騒いだ心を鎮めて、自然の安らかさに耳を傾け合体しようとする恋人たち。彼らの姿はなんと死にゆく人間たちに似ていることか。ナイチンゲールの鳴き声は宴の歓楽のはかなさ・むなしさを告げる「絶望の声」でもあるようだ。宴は終わったのだ。歓楽の跡形を消し去るように、夜の闇がすべてを包み込む。

宴の後日談

詩集の掉尾《とうび》を飾る「感傷的な対話」は『雅なうたげ』のエピローグであり、宴のあとの後日談を語る。

人気《ひとけ》なく凍てついた古い庭園のなかを
二つの人影が今しがた通り過ぎた。

その眼には生気がなく、唇には力がなく、
交わす言葉もほとんど聴き取れない。

人気《ひとけ》なく凍てついた古い庭園のなかを
二人の亡霊が過ぎ去った日々を偲《しの》んだ。

――わたしたちの昔の恍惚を覚えているかい？
――どうしてわたしが覚えていなければならないの？
――わたしの名前を聞くだけできみの胸は今でもときめくかい？
今でもわたしのことを夢に見るかい？　――いいえ。
――わたしたちが口づけを交わした
ああ　えもいえない幸せの日々！――そうかもしれない。
――空のなんと青かったことか、希望のなんと大きかったことか！
――希望は打ち負かされ、黒い空へ逃げ去ってしまったわ。

こんなふうに二人はカラスムギのなかを歩いていた。
二人の言葉を聞いたのは、ただ夜だけだった。

美しく整えられ、大勢の人びとが行き交った庭園は今や訪《おとな》う人もない、カラスムギの生い茂る、荒れ果てた庭園と化している。時間の流れは愛し合った男女の心のなかにもさまざまな波紋を投じる。帰らぬ昔への愛惜。人の心のうつろいやすさ。無常な人の世。「雅なうたげ」の悲しい大団円だ。ミシェル＝ムージュノは「月の光」と「感傷的な対話」を重視して、次のような興味深い解釈を提案している。

「「月の光」と「感傷的な対話」は同じ場所、一つの庭園で展開している。しかしながら、最初の詩編から最後の詩編までに、その場所は荒廃し、今や雑草に浸食されてしまっている……。／この庭園は《内面の風景》でもあり、その荒廃は一つの魂の荒廃でもあるだろう。」

「選び抜かれた風景」はヴェルレーヌの心象風景にほかならないとすれば、『雅なうたげ』はなにものによってもやすらぎを得られない詩人の不安と寂寥《せきりょう》感を表現する一巻であろう。一見華やかな雰囲気のなかに死の影があちらこちらに揺曳《ようえい》している。そうした死の影の揺曳に父の死やエリザの死が残した深い傷跡を認めることができるはずだ。

『雅なうたげ』を書いたヴェルレーヌを顔で笑い心で泣いているピエロにたとえることができようか。華やかな恋の宴の画面の向こうから、恋の世界から閉め出された多情多感な青年のメランコリーと孤独の啜り泣きが聞こえてくるようだ。

それにしても人生とは分からないものだ。恋とは一生無縁なものと諦めていた詩人の前に思いがけない事態が出来《しゅったい》する。彼の愛を受け入れてくれる少女が登場するのだ。身も心もすさみきって自堕落な生活を送っていた詩人はその少女に救済を、安らぎを求めて駆け寄ることになる。

Ⅳ　愛の嵐

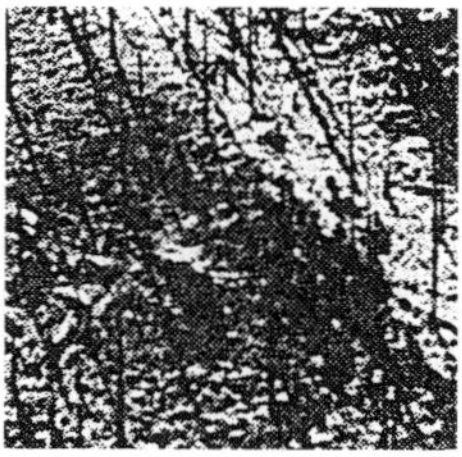

マチルド

「悪い血」に対する苛立ち

従姉のエリザが死んだのは『サチュルニヤン詩集』の刊行直前のことだった。死神は今度もまた詩集の刊行をうかがっていたのだろうか。『雅なうたげ』が刊行された直後の一八六九年三月二二日、母方の叔母ルイーズ＝グランジャン——ヴェルレーヌの代母——が死んだ。父親の死、従姉の死、叔母の死、ヴェルレーヌは不幸な星のもとに生まれた自分の運命のシナリオがしだいに演出されていくのを感じたのではないか。とにかくこの頃の彼は「緑の魔女」アプサントに溺れ、悪所通いにうつつを抜かしていた。詩人をしてこのようなすさんだ生活に駆り立てたものはなんだったのか。友人たちにはきさくで明るい好青年と見られていたヴェルレーヌのこの煩悶《はんもん》はなんに由来するのか。しらふのヴェルレーヌとアルコールのはいったヴェルレーヌ。彼はここでもまた「二重の人」であるようだ。泥酔のはてカフェで喧嘩をはじめても若気のいたりと大目に見ることはできるかもしれない。だが、母親に刃物を突きつけ殺してやると暴れだすとなるとこれはただ事ではない。

一八六九年、ヴェルレーヌ家に一時身を寄せていたルイーズ＝グランジャンの元女中がその現場を目撃している。彼女の当時の手紙によればことの次第はおおよそ次のようなものであったらしい。ある朝五時頃泥酔して戻ってきたヴェルレーヌは亡父のサーベルとナイフを手にすると「殺してやる。そして俺も死ぬ」とわめきちらしながら母親に襲いかかったという。元女中は「わが眼を疑った」と書いている。母親は息子の逆上ぶりに恐れをなしてか、故郷から男勝りの体格をした妹のローズを呼び寄せた。ローズがいた二日間はヴェルレーヌもさすがに殊勝にしていたが、おっかない叔母が引き上げるとまたもや粗暴になり、同じような事態が繰り返された。ついに母親はファンプーにしばらく身を潜めざるをえなくなった。こんな修羅場を何度も目撃した元女中は「彼がこんなことを続けるなら、いつか犯罪を引き起こすのは目に見えている」と感想をもらしている。

　ヴェルレーヌは当時二五歳だった。息子を溺愛する母親は自堕落な生活を送っている息子にひとことの小言も言わなかった。息子に殺されかかっても他人に対しては息子をかばう親ばかぶりを示す母親。ヴェルレーヌは母親に対してなにが不満だったのか。『サチュルニヤン詩集』と『雅なうたげ』に底流するメランコリーの原因はなにか。そもそもヴェルレーヌをして「不幸な星のもとに生まれた人間」と自己を規定させたものはなんであったか。それは自分の血管のなかを流れる血に対するどうしようもない恐れと無力感と不安の錯綜《さくそう》するコンプレックスのなせる業ではなかったのか。ランボーの『地獄の一季節』のなかの章名を借りて言えばそれは自分を毒する「悪い血」に対する苛立ちである。人一倍激しいエロチシズム。醜い容貌。さらにまた自分のなかでしだいにはっきりしてくる同性愛的傾向。さまざまな想いがもつれ合いからみ合ってヴェルレーヌの胸底にうごめいていたはずだが、ほぼ間違いなく言えることはヴェルレーヌは自分の醜さを母親譲りだと考えていたことである。確かに目のつりあがったところなどこの親子はよく似ている。また、流産した胎児を広口のアルコール瓶につけて保存していたこの母親の異様な性格はヴェルレーヌの異常なしつっこさと通じ合うところがある。

同級生ヴィオティ

同性愛についてはリセの同級生リュシヤン＝ヴィオティとの関係が知られている。一八六九年の初め頃、ヴェルレーヌはヴィオティと喜歌劇の台本を共同して書こうとしていた。ことの性質上、二人の関係を確証する事実は残されていないが、ヴェルレーヌが死んだ友を偲んで書いた文章によって二人の関係を推量することが可能だ。問題の文章は『男やもめの回想』(一八八六) のなかの「わが友＊＊＊を偲んで」だ。この文章はプレオリジナルではそのものずばり「わがリュシヤン＝ヴィオティを偲んで」と題されていた。この題名の変更にもヴェルレーヌの気持ちが単なる友情ではないことが感じとれるが、文章を読めばその思いはますます強まるはずだ。

「私たちが差向かいでよく話し合った、この同じカフェのテーブルを、一二年後——なんという年月だったことか——選んで座り、きみの懐かしい姿を思い浮かべる。けばけばしいガスの光のもと、行き交う車のすさまじい騒音のなかで、きみの瞳はかつてのようにぼんやりと光り、昔と同じような低く、かすれたきみの声が私に聞こえてくる。すらりとして上品な二〇歳の姿、魅力的な顔（マルソーより美形だ）、背広の下の、青年らしいほれぼれするようなプロポーションが、じわじわとこみあげてくる涙の向こうに現れてくる。／ああ！　不吉な優美さよ、例を見ない残念な犠牲よ、それと察してやれなかった愚かな私よ！　祖国が危機に瀕した恐ろしい戦争が起こったとき、きみは志願した。気高すぎる心ゆえに兵役を免除されていたきみなのに。そして栄光の子としてきみは壮絶に死んだ。きみの血の一滴にも値しない私のせいで、また、あの、あの女のせいで！」

この文章の真意を理解するには背景の事実関係を知る必要があるけれども、この文章を素直に読んだだけでもヴェルレーヌと死んだ友人の関係が友情を越えたある特殊な関係であることは察しがつくはずだ。とりわけ相手の声や体形へのこだわりは恋する異性へのそれを想わせる。二人の間に肉体関係があったかどうかは勿論この文章だけからは断定できないが、ヴェルレーヌのヴィオティに対する熱き想いは尋常ではない。ヴェルレーヌの同性愛を云々するためなら引用の前段だけを写せば足りたのであるが、後段をわざわざ写したのはそれなりの訳がある。文中「あの女」

マチルド

と呼ばれているのはマチルド＝モーテのことで、彼女とヴェルレーヌとヴィオティの間にはこみ入った関係が結ばれていたのだ。上の文面にもそれは感じられるが、ヴェルレーヌはその関係をある時期まで知らなかったらしい。

マチルドとヴェルレーヌの関係は後ほど詳述するが、上の文章の予備知識の範囲で先取りしておくと、二人は一八七〇年に結婚し、『男やもめの回想』を刊行した一八八六年当時はすでに離婚している。マチルドは自分の異父兄シャルル＝ド＝シヴリーの友人ヴィオティを知っていた。実はヴィオティはマチルドが好きだったのだ。マチルドの方はそんなこととは夢にも思っていなかった。シヴリーは音楽家で、ヴェルレーヌの飲み仲間でもあった。詩人が音楽家の家に遊びに行ったとき妹に会い、詩人は一目ぼれしてしまい、プロポーズする。ヴィオティは二人の仲がどうなっているのか心配する手紙をシヴリーに書き送ったりしたが、ことの進展に気落ちして、普仏戦争の勃発とともに自ら志願して武器を手にする。失恋の痛手が彼を戦地に赴かせたらしい。

こうした背景が分かると上の文章の後段でのヴェルレーヌの悔しさと苛立たしさが納得できるはずだ。もっともマチルドへの怒りは筋違いもはなはだしいけれども。真相を知ったときヴェルレーヌは複雑な思いに捉えられたに相違ない。運命のいたずらを呪ったかも知れない。いや、それ以上に自責の念にも駆られたはずだ。恐らくヴェルレーヌはヴィオティに対して抱いていた同性愛的感情に苦しんでいたにちがいない。自分が同性愛者であると確認すること、あるいは公表すること

――いわゆるカミングアウト――は「ストレートな」人間にはうかがい知れない深刻な動揺をその人間に与えるもののようだ。ヴェルレーヌは結婚前の時期の「恐ろしい苦悩」について人に語ったことがあるが、それはこの同性愛をめぐる煩悶ではなかったのか。結婚前の時期の、アルコールへの異常な耽溺ぶりや母を殺そうとするほどの逆上ぶりはその苦しみを断ち切ろうとする必死のあがきではなかったのか。その地獄の苦しみの果てにヴェルレーヌは「ストレートな」人間になろうとしたのではなかったか。彼はヴィオティを捨て、マチルドを選んだのである。引用文の後段の激しい調子はその選択の残した波紋に対する自責の念に由来するのだろう。ともあれ、暗い深淵の底にあったヴェルレーヌにとってマチルドはまさしく希望の星であったことは間違いない。

屈託を胸にした六月のある日、
フリルをあしらったグレーと緑のローブをまとって
あのひとはにこやかに私の前にあらわれた、
そして私の目は罠をも恐れず彼女に見とれるばかり。

（『よい歌』III）

マチルドとの出会い

ヴェルレーヌがマチルドに逢った運命の日は詩にも歌われているとおり一八六九年の「六月のある日」（たぶん末）のことだった。その日ヴェルレーヌはヴィオティとの共作の喜歌劇の曲のことでシヴリーに会いにモンマルトルのニコレ通りの家に顔をみせていた。二人の出会いをヴェルレーヌは『懺悔録』のなかで次のように記している。

「それは夕方の五時頃であった。その時刻は私の夜遊び仲間がそろそろ起きようかと考えるいつもの時刻だった。そして私も、私の思い違いでなければ、なにか共作のオペレッタに関する話をしてから、アペリチフを飲みに、すぐ近所のカフェ・ド・デルタに先に行って彼を待とうと思っていたのだ。いまもいったが、そのとき彼女が音もなく入ってきた。そして出ていきそうな顔つきをすると、シヴリーが彼女にこういったかなにかしたのだ。

『ちょっとお待ち、この方は詩人だ。ヴェルレーヌさんだ。よく知っているだろう。』

『そうなの！　私は詩人は大好きですわ。』

これが彼女の口から洩れた最初の言葉だった。その口から私はいずれ多くの『ウイ』を、そして『ノン』を、それにもちろん、ほかの良いことや悪いことを聞くことになるのだ！」

このときマチルドはヴェルレーヌよりも九歳年下の芳紀一六歳、小柄でほっそりとした愛くるしい少女だった。実を言うと二人はニナのサロンで会っていたらしいが、言葉を交わすのはこの時がはじめてだった。ヴェルレーヌはこのあどけない少女に一目惚れしてしまった。少女の方も兄からこの詩人の噂は聞かされその詩集にも目を通していて、かねがね興味をそそられていた。だから彼女にはヴェルレーヌの醜さはまるで気にならなかった。自分を素直に受け入れてくれるこの少女の無邪気さにヴェルレーヌはいたく感激した。出会ってから一カ月もたたない七月にヴェルレーヌはファンプーからシヴリーにあててマチルドと結婚したい旨の手紙をしたためる（ヴェルレーヌがこんなに唐突にことを急いだのは母方の親戚が詩人にしっかり者の従姉をおしつけようとしたという事情もあったらしい）。

いちばん穏やかで
幸せな時期

シヴリーの楽観的な回答に勇気づけられて（事実は父親が難色を示していた）、ヴェルレーヌは、ノルマンディーでヴァカンスを過ごしていた未来の妻に愛の詩を送り届ける。こんな風に書き始められた愛の詩編が後に集められて『よい歌』が誕生することになる。思えば、これから結婚にいたるほぼ一年間がヴェルレーヌの生涯でいちばん穏やかで幸せな時期ではなかったろうか。ヴェルレーヌは暗い過去に別れを告げ、希望に胸をふくらませて、愛する人と手をたずさえて歩むバラ色の人生を思い描く。

夜明けがひろがり、いま曙光《ひ》がさしはじめたのだから、
永いあいだ私から逃げていたけれども、呼び求め哀願する
私の方に向かって希望が舞い戻る気を起こしてくれたのだから、
この幸せがすっかり私のものになろうとしているのだから、

今こそくさぐさの不吉な考えもおしまいだ、
悪夢の数々もおしまいだ、ああ　わけても
皮肉や固く結んだ唇や思いやりのない
才気が横溢する言葉の数々はおしまいだ。

これまで出会った悪人や馬鹿者どもに対して
握りしめた拳や怒りもまた消え失せるがいい。
女々しい恨みよ、消え失せろ！　唾棄すべき
飲物に求める忘却よ、消え失せろ！

光りかがやく〈ひと〉が私の深い夜の闇のなかに、
優美さと、ほほえみと、優しさとによって、
不滅にして最初の愛の
あの光をはなった今、

やさしい炎に燃える美しい瞳よ、きみたちに案内されて、

わが手がその上でふるえることになる手よ、きみに導かれて
まっすぐに歩みたい、苔《こけ》むす小道であろうとも、
はたまた、岩や小石におおわれた道であろうとも。

荒々しさもなく、悔恨もなく、羨望もなく、
運命がさししめす目的に向かって、
私は〈人生〉をまっすぐに静かに歩みたい。
それは心うきうきする戦いの幸せな義務となるだろう。

長い道のりの無聊《ぶりょう》を慰めるため、
私が無邪気な歌を口ずさむとき、たぶん
あのひとは喜んで耳を傾けてくれるのではないかしら。
本当に私にはほかの天国は思い浮かばない。

「私は〈人生〉をまっすぐに静かに歩みたい」という詩編中の決心に背かず、ヴェルレーヌはアルコールも控え、悪所通いもぷっつり止めた。勤めはじめて五年、やっとまともな役人になった。

人が変わったようにおとなしくなり、親切になった息子に母親はびっくりした。彼女は息子の意向に別だん異を唱えなかった。むしろ息子の素行を改めさせた相手の娘に感謝してもよいくらいに思ったかもしれない。マチルドの帰りを首を長くして待っていたヴェルレーヌは彼女がパリに戻ってくるとさっそくモーテ家を訪問し、正式に求婚した。母親の応対ぶりからヴェルレーヌはよい感触を得た。

ぶつぶつ言っている父親を尻目に娘と母親は共同戦線を張ってこの結婚話をどんどん進めた。ヴェルレーヌもフィアンセの家に日参した。再び『懺悔録』の記述を援用しよう。

「この頃は、僅かな例外を除いてほとんど毎晩のように、九カ月のあいだ、どんな天気でも同じように、婚約者の家族の住んでいるモンマルトルに散歩に出かけては、永らく両親たちと住んでいたバチニョールにもどってくるのだった。相思相愛という言葉で私は自分の気持を正しく説明することができると思っていたし（……）たがいに共通な好みも同時にふえてきた。そしていまや私たちの家族との親しみも湧いてきた。私は毎日曜の夕食にはM家に出かけていったが、そこに私の母も招かれることもしばしばだった。比喩的であろうが文字通りであろうが、『よい歌』は〈たけなわだった〉。大切な小冊子は日に日にいくつかの詩句をふやしていった。」

ヴェルレーヌが結婚をどんなに待ちこがれていたかは詩編一四番を一読すれば明らかだろう。

暖炉、ランプのほのかな光。
こめかみに指をあてて耽る夢想、
愛する人の瞳に見とれる眼差し。
熱いお茶の時間、閉じられた本。
夕べの終わりを感じるこころよさ。
心地よい疲れ、婚姻の影を
甘い夜を一日千秋の思いで待つ心。
ああ！　それらすべてを、むなしい延期にもめげず、
休みなく、ぼくのせつない夢は追っている、
いく月も待ちわび、いく週も怒り狂って。

一八七〇年六月二九日に予定されていた結婚式には思わぬ横槍がはいった。その当時はやっていた天然痘にマチルドがかかってしまったのだ。幸いマチルドはすみやかに回復したが、今度は看病疲れで母親が天然痘に冒されてしまった。そんなこんなで結婚式はとうとう八月一一日までずれこむことになってしまった。こんな風に式の日取りが先へ先へと送られているうちに周囲の雲行きがおかしくなってきた。時代は風雲急を告げていた。七月一九日、フランスはプロイセンに宣戦を布

告した。フランス軍は苦戦を強いられた。ヴェルレーヌは召集令状がいつ来るかびくびくしながら結婚の準備をしていた。

結婚式の直前に親友の自殺事件に巻き込まれたり、前日にかなり大がかりな未婚男子の動員令が発布されるというハプニングはあったけれども――ヴェルレーヌは翌日結婚したのでこの法律の適用を免れた――、予定の八月一一日に結婚式はなんとか滞りなく挙行された。

婚約者に捧げられた愛の詩集『よい歌』

『よい歌』は一八七〇年六月一二日――つまり結婚の二カ月前――に印刷が完了したが、戦争勃発のあおりを受けて実際に刊行されたのは一八七二年のことだった（これまでの詩集と同じように売れ行きはさっぱりだった）。そんなわけで当初は限られた部数が先輩や友人や関係者に送られただけだった。この詩集を恵贈されたユゴーが「これは砲弾のなかに咲いた一輪の花だ」と賞賛したことはあまりにも有名なエピソードだ。この大詩人は誰に対しても過分の褒め言葉を安売りしたので、その賞賛はあまり当てにはできないが、この場合は『よい歌』の性格をうまく言い当てている。

ヴェルレーヌは数多い自分の詩集のなかでこの詩集を鍾愛《しょうあい》した。

「私は、とりわけ誠実なものとして、またかくも愛らしく、かくも甘美に、かくも純粋に考えられ、かくも簡潔に書かれたものとして、のちにとくにこの作品を好むことになるのだ。」（『懺悔録』）

作者本人の証言のとおり、『よい歌』は自然で率直で素直な歌い口である。この特徴はすでに引いた二編の作品によっても十分了解されるはずだ。『サチュルニヤン詩集』や『雅なうたげ』の気取りや技巧性はない。その余りにもストレートな表現法＝散文性に不満を感じる読者も少なくないだろう。作者自身の愛着にもかかわらずこの詩集は概して玄人筋には受けがよくないようだ。しかし技巧や気取りがないぶん詩人の真情が素直に吐露されていることも確かだ。ヴェルレーヌの本質的な優しさを人は感じ取ることができるはずだ。

結婚直後のヴェルレーヌ

上に見た『よい歌』の性格、あるいは長所と短所はこの詩集の特殊な成立事情にすべて起因していると言って差し支えないだろう。『よい歌』は、詩集を編むにあたって取捨選択や多少の手直しはあったが、一六歳の婚約者に送られた折ふしの愛の詩編がもとになっている。一六歳の少女が直接的な読者であったことは注意してもし過ぎることはない。ガルニエ版作品集の編者ジャック＝ロビシェが指摘しているようにヴェルレーヌは一六歳の少女の理解力を十分考慮して詩編を書いたのだ。『よい歌』が以前の二詩集に比べて格段に平明なのはそのためだ。また、多少甘ったるい内容になってしまったのも、フィアンセを喜ばせてやりたいというヴェルレーヌの思いやりが働いたせいだ。要するに『よい歌』にはヴェルレーヌの幼いフィアンセへのサーヴィス精神が横溢している。

『よい歌』のなかで最もヴェルレーヌの本領を発揮した佳品がマチルドの影が最も薄い二作品だということは皮肉と言えば皮肉だが、この詩集の特殊な成立事情を考えればむしろ当然の結果と言えるかもしれない。その作品とはⅤとⅥだ。前者はこれまでの詩集ではあまり取り上げられなかった珍しいテーマである夜明けを歌った作品、後者は『サチュルニヤン詩集』でもよく取り上げられた月夜を歌った作品。前者はテーマのしからしむるところかもしれないが、後者が同じ月夜をテーマとしながらいかに明るいものになっているかに注目して欲しい。まずⅤから紹介する。

消え去る前に、
蒼白い明けの明星よ、
　　――イブキジャコウソウのなかで
歌う、歌う、千羽のうずらが――

目が愛にあふれる

詩人の方に　向けておくれ、
　——朝日とともに
雲雀《ひばり》が空に舞い上がる——

曙が青空に消し去る
きみの眼差しを　向けておくれ。
　——穂もたわわな麦畑には
大いなる喜び！——

それから、わが思いを　光らせておくれ、
あの、ずっと、ずっと遠くで！
　——干し草の上で
朝露が陽気に輝いている——
私の愛しい人がまどろんで
体を動かしている甘い夢のなかで……

――さあ、さあ、急いでおくれ、
ほら、金色の太陽のお出ましだ。

次はⅥ。

白い月が
森に照る。
どの枝からも
一つの声が
葉蔭に洩れる……
おお愛するひとよ。

深い鏡、
池は映す、
風が泣く

黒い柳の
シルエットを……

さあ、夢を見よう、今はそのとき。

ゆったりとしたやさしい
やすらぎが
月の光にかがやきわたる
空から降りてくるかのようだ……

ああ、ここちよい時。

ランボー

ヴェルレーヌとマチルドは挙式後一週間してトゥールネル河岸《かし》の新居に移った。ヴェルレーヌは『よい歌』の巻頭に置かれた「わが最愛のマチルド＝モーテ＝ド＝フルールヴィルへ」という献呈詩のなかで次のように歌いあげていた。

激動の中の新婚生活

（……）嵐が終わって、
喜ばしい太陽を浴びて金色に輝く花々によって
額を飾られ、未来が
ついに再び　ほほえみかけるのだから

希望をもとうよ、ねえ　おまえ、希望をもとうよ！
そうだ！　この世のしあわせ者たちも
じきに　わたしたちをうらやむだろう、

それくらい二人は愛し合おうよ！

この献呈詩は「一八七〇年七月五日」という日付が付されているが、本当に嵐は終わって未来がほほえみかけることになるのだろうか。嵐は終わったどころか、始まろうとしていたのではなかったか。幸福への船出であったはずの二人の結婚は七月一九日に始まった普仏戦争のあおりを受けて、思わぬ方向に押し流されてゆくことになる。

満を持していたプロイセン軍を相手にフランスは苦戦を強いられた。国難を前にして、軍人の息子であるヴェルレーヌはその血が騒いだのだろうか、みずから進んで国民軍守備隊に志願した。彼はパリ南郊に駐屯する第一六〇大隊に配属された。彼の任務は一晩おきに歩哨《ほしょう》に立つことだった。初めのうちこそ愛国心に燃えて勤務にはげんでいたが、そのうちしだいになまけの虫が頭をもたげてきて、なにかと理由をつけては職務をすっぽかすようになった。詩人の興味は軍務よりも隊友と酒を酌み交わすことにあったようで、彼の酒量はますます上がるばかりだった。泥酔して帰宅し、新妻を手こずらせることも度重なるようになった。新婚夫婦の間にしだいに亀裂が走りはじめた……。

すでに見たところからも分かるように、ヴェルレーヌの婚約からハネムーンにいたる時期はフランス史の転換期だった。普仏戦争の勃発、ナポレオン三世の敗北、帝政の廃止、休戦の調印。時代

パリ－コミューンの宣言

はまさしく猫の目のようにめまぐるしく変化した。

　休戦後かえってフランス国内には反ドイツ感情・抗戦気分が高まった。しかし、帝政の崩壊後に成立した暫定的な国防政府はそんな国民の感情を逆なでするようにドイツとの講和を急いだ。一八七一年二月二六日ヴェルサイユで、アルザス・ロレーヌの割譲と五〇億フランの賠償金支払が取り決められた。七一年三月一日、ドイツ軍が条約に従ってパリへ入城し、市民たちの感情を代弁する喪の黒旗がかかげられた人影のないシャンゼリゼ通りを行進した。

　三月一八日未明、首都の不穏と反乱を恐れた政府は国民軍の武装解除を強行しようとした。激昂《げきこう》したパリ市民は武器を取って立ち上がった。こうしてパリ－コミューンの乱が起こった。チエールのひきいる新政府は難を逃れてヴェルサイユに移った。事実上パリは政治権力が空白になる。反乱は国民軍中央委員会によって組織化され、二月革命以来の理想である社会主義的な共和政の樹立をめざした。そしてコミューンの選挙が行われた。

「血の一週間」のリヴォリ通り

三月二八日、赤旗のなびく市庁舎前に集まった群衆の歓呼に迎えられて、パリーコミューンの成立が高らかに宣言された。コミューンは成立したものの、自然発生的な寄り合い所帯の悲しさ、不毛な路線論争や内部抗争に明け暮れる……。

共和主義的な雑誌「黄金虫」に協力していたことからも分かるように、ヴェルレーヌは進歩的な思想の持ち主であったからコミューンには大いに共感を寄せた。市役所の同僚たちの多くはチエールの新政府に従ってヴェルサイユへ移ったが、ヴェルレーヌはパリにとどまった。ロレーヌ割譲に対してロレーヌ人ヴェルレーヌの血が騒いだのかもしれない。先ほどの祖国防衛に立ち上がったヴェルレーヌ、今またコミューンを支持してパリに踏みとどまるヴェルレーヌ。ヴェルレーヌはとかく薄志弱行の人間と考えられがちであるが、こんな愛国的な雄々しさも持ち合わせていたことも忘れるべきではないだろう。彼は市役所に日参し、各種の新聞に目を通し、有益な記事を収集・整理した。コミューンに際してヴェルレーヌが獅子奮迅《ししふんじん》の活躍をしたように潤色する神話があるけれども、事実は下っ端の「情報係」にしかすぎなかった。このコミューン支持の選択は詩人の将来に大きな影を落とすことになるだろう。

コミューンが時間をいたずらに空費している間に、ヴェルサイユ政府はドイツを後楯として態勢を立て直し、四月にはいるとがぜん攻勢に転じた。五月二一日、パリに入城、勇敢なコミューン兵士たちとの間に壮絶な市街戦を繰り広げた。すさまじい白色テロル。「血の一週間」を頂点とするヴェルサイユ軍の弾圧は酸鼻をきわめ、虐殺された市民は二万を越え、さしものセーヌも流血で朱《あけ》に染まったという。五月二七日のペール＝ラシェーズ墓地での抵抗を最後にパリ＝コミューンは事実上壊滅した。翌二八日、最後のバリケードも取り払われた。

ヴェルサイユ政府の白色テロルもすさまじかったが、コミューン同調者たちに対する残党狩りもまた徹底していた。市庁舎は「血の一週間」中に焼け落ち、市の業務はリュクサンブール宮殿に移されていた。しかし、ヴェルレーヌは身の危険を感じてじっと家にひきこもっていた。それでも不安で六月中旬に妻とともにファンプーに逃れて親戚のもとに身を寄せた。マチルドが妊娠四カ月で、休息を必要としていたという事情も手伝っていた。ファンプーにしばらく滞留したあとレクリューズにも足を伸ばした。戦乱と内乱で翻弄されつづけた新婚夫婦はパリを遠く離れた静かな田園のなかで初めて平安を得たといえる。

悪魔の誘惑

ランボー

八月にヴェルレーヌ夫妻はパリに戻ってきた。新居はすでに畳んでいたので、ニコレ通り四一番地の妻の両親、モーテ夫妻の家に転がり込んだ。

ヴェルレーヌが義父母と同居を始めた矢先のこと、アルチュール＝ランボーという、アルデンヌ県シャルルヴィル在住の未知の若者から一通の手紙を受け取った。手紙のなかでこの若者は北フランスの片田舎での退屈でみじめな生活、詩人になりたい希望、パリに出たい意向などを綿々と訴え、ヴェルレーヌに助力を求めていた。詩編が五編同封されていた。追い討ちをかけるように別の詩三編を同封した第二の手紙が届いた。ヴェルレーヌはすぐに返事は出さなかったが、未知の若者の願いを無視したわけではなかった。むしろその反対だ。同封された詩編の素晴らしさにすっかり圧倒されてしまい、パリに出て詩を書きたいという若者の希望をなんとか叶えてやりたいと思った。だが、どうしたらいいのか。妻の両親のもとで居候を決め込んでいる浪人自身が今や職もなく、妻の両親のもとで居候を決め込んでいる浪人の身の上だ。ヴェルレーヌは地方で埋もれている才能ある若者をパリに呼び寄せるために友人たちのあいだを金策に奔走した。若者を受けいれる手はずがととのうと、ヴェルレーヌはさっそくランボーに上京をうながす手紙を書き送る。「やって来たまえ、偉大な魂よ。みんながきみを呼んでいる。みんながきみを待っている。」この呼びかけが悪魔への呼びかけになろうとは神ならぬ身の知るよしもなかった。

　ヴェルレーヌにとってはシャルルヴィルの少年からの指名は唐突至極であったかもしれないが、ランボーにとってはそれなりの必然性があった。実は、ランボーはヴェルレーヌの作品を読んで深い感動を覚え、前々からこの新進の先輩詩人を高く評価していたのだ。一年前の一八七〇年八月二五日の恩師イザンバールあての手紙のなかでヴェルレーヌの第二詩集『雅なうたげ』について「とっても風変わりで、ひどくおかしなものですが、しかしまったく素晴らしい代物《しろもの》です」と絶賛した。また、あの有名なドメニーあての「ヴォワイヤンの手紙」のなかでもヴェルレーヌをヴォワイヤンの一人に数え、「真の詩人だ」と賞賛を惜しまない。当時周囲の無理解に苛立っていたランボーはヴェルレーヌなら自分を理解してくれるだろうと藁《わら》をもつかむ思いで望みを託したにちがいない。とりわけ、自分が発見したばかりの革命的な新理論「ヴォワイヤンの理論」をヴェルレーヌなら理解してくれるかもしれない……。

　ではその「ヴォワイヤンの理論」とはいかなるものなのか。この理論はヴェルレーヌを巻き込みその作品と人生に深い刻印を押すことになるはずなので、その輪郭を素描しておくことにしよう。

ヴォワイヤンの理論

ヴォワイヤンの理論は一八七一年五月一三日付けジョルジュ＝イザンバールあての手紙と二日後の一五日付けポール＝ドメニーあての手紙のなかで開陳されている。特に後者は長文の手紙で、ランボーは自分の新理論に酔い、得々とその理論を披《ひ》瀝《れき》している。饒舌《じょうぜつ》なぶん後者の方が説明が周到であるが、骨子は同じである。その論点は次の三つにまとめることが出来る。

(一) 詩人はヴォワイヤン（透視者）であらねばならない。

(二) ヴォワイヤンとは余人の見なかったものを《見る人》のことで、彼は「未知なるもの」を探求する。

(三) ヴォワイヤンになるためには――同じことだが「未知なるもの」に到達するためには――全感覚（五感）にショックを与えて感覚（認識）を全面的に鍛え直さなければならない。

枝葉を切り払ってしまえばヴォワイヤンの理論は以上の三点に尽きるが、それをランボー流に表現すれば次のようになる。

「ぼくは詩人になりたいのです。ヴォワイヤンになりたいと頑張っているのです。あなたにはなんのことやらさっぱり呑みこめないでしょう。ぼくにしてもほとんど説明の仕様がないのです。あらゆる感覚の錯乱によって未知なるものにたどりつくことが問題なのです。苦悩はとてつもないものですが、でも強くなければなりません。生まれながらの詩人でなければなりません。」（イザンバ

ールあて）

これだけでは「なんのことやらさっぱり呑みこめない」と思うので、ドメニーあての手紙中の説明を参照しながら解説を加えてゆくことにしよう。

ランボーは、真の詩人は未知なるものを追求するヴォワイヤンでなければならないという原則に則ってギリシア・ローマから一九世紀後半の現代にまで及ぶ壮大な文学史的検証をおこなう。そしてその結論は手厳しい。つまり、古代から現代までなかには優れた詩人もいなかったわけではないが、彼らの探求は十分なものではなく、本当の意味でのヴォワイヤンはこれまで存在しなかったというのだ。たとえば、ランボーも大いに影響をこうむったロマン派の詩人にこの結論をあてはめてみると次のようになる。確かにラマルチーヌやユゴーは時おりヴォワイヤンであったけれども、前者は「古くさい形式のせいで息の根をとめられ」、後者は「余りにも頑固で」ヴィジョンを見る能力を限定してしまった。ボードレールは「最初のヴォワイヤンであり、詩人たちの王であり、真の神である」が、「あまりにも芸術的な環境に生きていた」ので「あれほど世評の高い形式もけち臭いもの」にならざるをえなかった。

こうした厳しい批判の背後には自分こそ史上初の真のヴォワイヤンなのだという少年詩人の傲慢がうかがえるが、その批評基準は実に一貫している。つまり、未知なるものを見るためには詩人はいかなる理由であれ、ヴィジョンを見る能力を制限すべきではなく、詩作においても実生活においても形式的束縛をはねのけて絶対的に自由にふるまわなければならないということだ。ランボーにとってヴォワイヤンの理論はただに詩学にとどまらず倫理学《モラル》でもあるのだ。要するに、ランボーは詩人に対して生そのものを最も強烈な状態において生きること、生を完全燃焼させることを求めている。そのためには社会的、道徳的、宗教的規範――正常なるもの・善なるもの・聖なるもの――を踏みにじることも辞さない勇気と覚悟が求められる。ヴォワイヤンの生き方がダイナミックなものにならざるをえないわけだ。

「詩人はあらゆる感覚の、長期にわたる、大がかりな、根拠のある錯乱によってヴォワイヤンとなるのです。あらゆる形の愛や苦悩や狂気。彼は自分自身を探求し、自分のなかですべての毒を飲みつくし、その精髄だけをわがものとします。それは、このうえない信念、このうえない超人的な力を必要とする言語に絶する責苦であって、そこで彼はとりわけ偉大な病者、偉大な罪人、偉大な呪われ人となり、――そして至高の賢者となるのです！――なぜなら、彼は未知なるものにたどりつくからです！　それというのも、もともと豊かな魂に、だれにも負けないくらいさらに磨きをかけたからです！」

すべての問題は「あらゆる感覚の錯乱」に帰着する。「あらゆる感覚の錯乱」とはまず感覚の陶《とう》冶《や》あるいは感覚の解放のことである。感覚の錯乱を誘発するものとしては具体的にはたとえばアルコールを飲んだり、ハシッシュ（マリファナ）を服用したり、官能的な陶酔にふけったりということとが考えられる。通常の感覚を「錯乱」させることによって、感覚は純粋に、鋭敏に、強烈になる。眠っていた感覚が呼び覚まされる。これまで感じ取れなかったものが感じられ、これまで感じ取られていたものも違った風に感じられるようになる。新しい未知なる世界が詩人の前に展《ひら》けてくる。

「あらゆる感覚の錯乱」とは感覚の鍛え直しであると同時に、というよりか究極的には認識主体を錯乱＝転覆させることが狙いなのだ。感覚は理性の支配を受けている。たとえばある音を快いと受け取るか雑音と受け取るかは理性の判断——習慣や文化に規制される——に左右されることがある。蝉の鳴き声に夏の風情を感じる人間もいれば、やかましいと感じる人間もいる。「女房と畳は新しい方がよい」という言葉があるように新しい畳の匂いは好ましいものの代名詞のように考えられていたものだが、生活の洋式化で畳と縁遠くなった今の若者には嫌な臭いと感じる者が多いと聞く。これらの例を見ても感覚が理性に影響されていることが分かる。五感を統括している理性の支配力を廃滅すること。デカルト以来の近代的自我＝理性の絶対化、情念＝無意識の切り捨てに対する異議申立て。この要求をランボーは二通の手紙で「〈われ〉とは他者なり」（JE est un autre.）という簡潔な命題に託している。ここで〈われ〉と名指されているのは認識主体としての自我＝理性である。そして認識主体としての〈われ〉とは幻影にしかすぎないのだ。〈われ〉とは把捉しがたい謎めいたもの、つまり「他者」にほかならない。〈われ〉が思考や行動を指導・統御しているわけではなく、〈われ〉にとっての他者、つまり無意識こそが隠然たる支配力をもっているのだ。無意識の声に謙虚に耳を傾けること、それが「未知なるもの」を解き放つことなのだ。
「銅が目覚めてみるとラッパになっているとしても、それはぜんぜん銅の落ち度ではありません。このことはぼくには明らかです。ぼくは思想の開花に立ち会っているわけです。ぼくはそれを見守り、それに耳を傾けるのです。ぼくが楽弓を一ひき弾ずると、交響曲が深みで鳴りはじめる、あるいは舞台の上に躍り出てくるのです。」

このように無意識にこそイニシアチブを譲り渡さなければならないとするランボーが、自我＝主体観の詩的表れである自己満足的な「主観的な詩」を痛烈に批判しているのは当然であろう。彼がめざすのは主観を排した「客観的な詩」である。換言すれば万人の意識の底に横たわる普遍的な無意識の世界から詩想をくみとる詩。普遍的な無意識の世界をランボーは「普遍的な魂」と呼びながら詩人の使命を次のように表現している。「詩人は、彼の生きている時代に普遍的な魂のなかで目覚めている未知なるものの量を明確にすることになるかもしれない」と。

見られるとおりランボーは合理主義的＝キリスト教的西欧近代へ反旗をひるがえし、未知なるものを埋蔵する無意識世界へと、あるいはまた善悪の彼岸へと敢然と身を躍らせる反逆天使である。自堕落な独身時代がまるで嘘のように心をいれかえ小市民的な結婚生活にのうのうと埋没していたヴェルレーヌにとってこの反逆天使の登場は「地獄の季節」の始まりにほかならなかった。

「二人の天才が立ち上がった」

一八七一年九月一〇日、かねての手はずどおりにヴェルレーヌはさる友人と東駅――当時はストラスブール駅と呼ばれていた――にランボーを迎えに行った。待てど暮らせど心当たりの人物は二人の前に姿を現さない。二人はがっかりしてニコレ通りの家に戻った。客間にはいると驚くなかれ、マチルドとモーテ夫人の前にあどけない少年がばつの悪そうに座っているではないか。ヴェルレーヌは作品から受けた印象と実際のランボーのあまりの食い違いにびっくりした。後年彼は「私はなぜか、まったく別の詩人を心に描いていた」と述懐し、その印象を次のように記している。「顔立ちはふっくらとして生き生きしていて、本当に子供こどもしていた。体つきは大柄で骨ばっていて、伸びざかりの若者らしく少々動作がぎこちなかった。声はアルデンヌなまりがひどく、声変わりに特有の、あの高く、また低い調子があった。」

マチルドの初印象は夫のそれと多少違っていた。

「赤ら顔の、大柄でがっしりとした、百姓のような少年でした。成長が早すぎた、若い中学生といった様子をしていた。というのも、ズボンが短くなってしまって、母親が心をこめて編んだ青い木綿の靴下がまる見えでしたから。髪はくしゃくしゃ、ネクタイはよれよれ、いかにもだらしない身なりでした。目は青く、かなり美しかったのですが、陰険そうな表情が読み取れました。なんとも甘いことに、わたしたちはそれをはにかみのせいだと思いこんだのでした。」

この二人の証言が微妙なずれを見せているのはこのあとの成りゆきを考えれば当然だろう。

ランボーが二人の前に姿を現したときヴェルレーヌ夫妻は結婚して一年余り、妻は妊娠九カ月だった。ヴェルレーヌは結婚とともに素行が改まり、まあまあの夫だった。ところが、ランボーの登場とともに昔の悪習がまたぞろ頭をもたげてきた。毎晩のようにヴェルレーヌはランボーを引き連れて飲み歩き、家を留守にするようになった。ランボーはしばらくの間ヴェルレーヌ家の食客となっていたが、マチルドやモーテ夫妻の不興を買い、追い出される羽目になった。この後はヴェルレーヌの友人たちの提供するねぐらを転々とすることになる。

ヴェルレーヌはランボーを大勢の詩人や芸術家に紹介した。ランボーのデビューは華々しかった。だれもがこの少年詩人のなかに天才を認めた。《醜いが気の好い男たち》という高踏派の詩人たちの集まりでランボーが「酔いどれ船」など数編の詩を朗読するのを聞いたある会食者は興奮のさめやらぬ調子で友人に書き送っている。

「きみは《醜いが気の好い男たち》の夕食会に出席しなくて、まったく惜しいことをしたよ。その会では（……）アルチュール＝ランボーという名の一八歳にもならない恐るべき詩人が紹介されたんだ。大きな手、大きな足、一三歳の子供といったっていいくらいの、まったく子供っぽい顔立ち、青い大きな目、内気というより人慣れない性格、これが聞いたこともないような力と退廃に満ちあふれた想像力によって並みいるわが友人たちを魅了し、驚倒した若者の姿なんだ。（……）やって来て、実際に詩編に目を通して判断したまえ。（……）まぎれもなく一人の天才が立ち上がったのだ。これは一瞬の熱狂ではなく、この三週間というもの抱きつづけてきた判断の冷静な表現なのだ。」

スキャンダル

　ランボーは初めのうちこそもの珍しさも手伝って天才少年詩人ともてはやされたが、しだいにその傍若無人の振舞いが目につき、人びとの反感を買うようになった。また、ヴェルレーヌとの親密すぎる関係が人々の眉をひそめさせた。

一八七一年一一月のある新聞にルペルチエの中傷記事が掲載された。「コペーの芝居の上演に集まった文士たちの間に、ランボー嬢なるチャーミングな若い娘さんと腕を組んだ詩人ヴェルレーヌの姿が見受けられた。」この記事が出ると、さっそくランボーはヴェルレーヌの親友に意趣返しをした。ルペルチエが仲直りのために申し出た夕食会の折、ランボーはルペルチエにからみ、嫌がらせを言った。相手がたしなめると、ランボーはデザート用のナイフを手にしていどみかかろうとした。

　あるいはこんなエピソードも伝えられている。例の《醜いが気の好い男たち》の夕食会である男が下手くそな詩を朗読した。ランボーは一行ごとに「糞くらえ」と半畳《はんじょう》を入れる。見かねた写真家のカルジャがそれをたしなめた。夕食会からつまみ出されたランボーは、カルジャを待ち伏せ、仕込み杖で切りつけた。幸い、写真家はかすり傷を負っただけで大事に至らなかったが、ランボーはこの会から締め出された。

こんなわけで、まずランボーが、ついで相方のヴェルレーヌがパリの詩人や芸術家のグループからつまはじきされることになった。周囲から孤立すればするほど、二人は堅く結ばれていったようだ。ヴェルレーヌは妻や友人たちの忠告に耳を貸さばこそ、年甲斐もなく身も世もあらず一〇歳年下の悪魔の申し子に魅入られ、のめりこんでいった。夫を正気に戻そうとする幼な妻に対して暴力をふるったり、生まれたばかりの息子ジョルジュを投げ飛ばしたりした。ランボーはヴェルレーヌ夫妻の小市民的な家庭生活を蹂躙《じゅうりん》し、夫婦を離間させるにいたる。ヴェルレーヌがマチルドに書き送った手紙のなかの言葉を借りれば、詩人は「悪い夢を見ている」のかもしれないが、マチルドにとってはこんな生活が耐えられないのは当然のことだ。

一八七二年になると、別れ話がもちあがり、ヴェルレーヌ夫妻の間に暗雲がたれこめはじめる。三月、ランボーはいったんシャルルヴィルに戻った。ヴェルレーヌは前非を悔い、マチルドとの間に和解が成立した。しかし、別れてみるとまたしてもランボーが恋しくなって、パリへ呼び戻そうと画策する。彼は以後一年余りの間、マチルドとランボーのあいだをブランコのように行ったり来たりすることになるだろう。マチルドが回想録のなかで評しているとおり、ヴェルレーヌは「いつでも周期的に後悔をくりかえす人でした。生涯の半分は悪いことをして過ごし、あとの半分は後悔して過ごしたようなものです」。

ロンドンでのヴェルレーヌとランボー　1872年

五月中旬にパリに戻って来たランボーは優柔不断のヴェルレーヌをけしかけて、かねてから計画していた「十字架の道行き」と称する異常な生活にヴェルレーヌを引きずり込む。二人の同性愛的共同生活は喧嘩別れが幾度かあったけれども、パリからブリュッセル、ブリュッセルからロンドンへと舞台を移しながら続けられた。善悪の彼岸に自分を置こうとしたヴォワイヤン＝ランボーはヴェルレーヌとの同性愛のなかに格好の「あらゆる感覚の錯乱」の場を見いだしたにちがいない。

同性愛の倫理学

しかしながら、ヴェルレーヌとランボーの関係を官能的な陶酔を求める異常な関係ということで片づけることはできないだろう。同性愛の傾向をもつヴェルレーヌはともかくとしてランボーにとってこの関係は一つの実験であった。それはキリスト教道徳への大胆な挑戦であった。なぜなら、異性愛ですら夫婦という条件のもとでしか認めまいとする禁欲的なキリスト教道徳からすれば、同性愛は二重の意味で罪深い、呪われた愛ということになるからだ。二人の共同生活が「十字架の道行き」と名づけられたゆえんである。

だが、ランボーは同性愛をキリスト教への反逆と位置づけていただけではない。そこにさらに積極的な意義を見いだしていた。彼の考えでは「愛は新たに創り直さなければならない」のだ（『地獄の一季節』「錯乱Ｉ」）。彼は「愛の驚くべき変革」を企図していた（『イリュミナシヨン』「小話」）。つまり同性愛は「あらゆる愛」（ドメニーあて「ヴォワイヤンの手紙」）の一つのステップであり、「新しい愛」（『イリュミナシヨン』「ある理性に」）を追求する形而上学的実験にほかならないのだ。ヴォワイヤン―ランボーは同性愛を突破口に新しい愛の倫理学の確立を図る。

　新しい愛の追求に挺身するランボーの姿を、ヴェルレーヌは傑作「愛の罪」という一〇〇行の長詩のなかで見事に描出している。「悪魔のなかでも一番美しい」ランボーは地獄の宮殿の「天空近く聳《そび》える塔」から叫ぶ（引用詩編中の「三対神徳」とは神に対する三つの徳で、信仰の徳、希望の徳、愛の徳のこと）。

おお、おれは神を創らんとする者だ！
天使たちよ、人間たちよ、おれたちはみな苦しみ抜いた、
最悪と最善のこの戦いを。
（……）なにゆえにこうした分離がいつまでも続くのか。
なぜおれたちは腕の好い芸術家として

力を合わせて働き、ただ一つの同じ美徳を作り上げなかったのか。
こんな泥試合はうんざりだ、真っ平だ！
〈七大罪〉と〈三対神徳〉は
ついに手を結び合うことにならねばならない！
こんな厳しくて醜い闘いはうんざりだ、真っ平だ！
善と悪との決闘を均衡状態に保って
してやったりと思い込んだイエスに応えて、
この世がその巣窟であるところの地獄は
おれによって普遍的〈愛〉のために捧げられるのだ！

神をも畏れぬ大望というべきだろう。「普遍的愛」こそ「最善」と「最悪」、「七大罪」と「三対神徳」の「分離」を解決する「ただ一つの美徳」である。こうした「普遍的愛」が実現された晩には、この世の様相は一変するかもしれない。「地獄の夫」（ランボー）の愛の魔力に呪縛された「狂気の処女」（ヴェルレーヌ）は「彼の世界には絶対にはいりこむことはできないと確信し」ながらも、一緒にいればなにかが起こると一縷《る》の望みをつなぐ。

「眠ったあのひとの体のかたわらで、あたしは毎晩何時間もまんじりともせず、なぜこのひとはこうまで現実から逃れようとするのかしらと思いあぐねました。あんな願いをもったひとなんて誰ひとりいません。あたしにもよく分かっていたのです、――あのひとのために心配したわけではありませんけど――このひとはこの社会のなかでは危険な人物なのかもしれない、と。――このひとは人生を変えるための秘密を握っているのかしら？　そんなことはないわ、ただそれを捜しまわっているだけなんだわ、とあたしは自分に言いきかせました。とにかく、あのひとの愛には魔力がありました。あたしはその虜になっていました。（……）あたしが目をさますと、法律も風俗もすっかり変わってしまい――あのひとの魔力のおかげなんだわ――、この世にはちがいないんだけれども、あたしはいろいろな望みや気楽さを心ゆくまで味わえるようになるんだわ。」（『地獄の一季節』「錯乱Ⅰ」）

　恐らくランボーはある時期まで「兄貴」ヴェルレーヌを「誠心誠意」「太陽の子の原初の状態に連れ戻してやろう」と考えていたのだ。しかし、その結果はどういうことになったのだろうか。

「哀れな兄貴！　あいつのおかげで幾度やりきれない不眠の夜を過ごしたことか！（……）おれはこの悪魔博士を鼻であしらっていたが、とどのつまりは窓辺に行くのが落ちだった。珍しい音楽を奏でる楽隊がよぎる野原のかなたに、おれは未来の夜の豪奢な幻影を思い描いた。

　ちょっぴり衛生的な気晴らしをしてから、おれは藁布団に横になったものだ。すると、哀れな兄貴はほとんど毎晩のように眠ったかと思うと、口をぽかんと開け、目をひんむいて立ち上がり

――そんな夢でも見ていたのか！――、おれを広間に引っぱって行き、とりとめのない悲しい夢の話をわめき散らすのだった。」（『イリュミナション』「放浪者」）

ヴェルレーヌとランボー、この二人の詩人の性格の不一致はあまりにも歴然としている。これでは文字どおり同床異夢だ。この二人の詩人の関係を通して、形而上学的原理（愛の変革）と形而下的原理（官能の追求）の織りなす同性愛の凄惨《せいさん》なドラマを見届けることができるはずだ。その大団円は一八七三年七月のブリュッセル事件である。

ブリュッセル事件

ヴェルレーヌとランボーは一年前の七月にブリュッセルへ向けて出発し、そこで二カ月ほど過ごしてからは残りの期間の大部分をロンドンで過ごしていた。ヴェルレーヌとランボーの関係は前項で見たような事情でしだいに末期症的様相をとりはじめていた。痴話喧嘩が絶えなかった。ランボーはいつまでもマチルドに恋々とするヴェルレーヌにうんざりしていた。それでも一緒にいたのは、ヴェルレーヌが金蔓《かねづる》だったからだ。

一八七三年七月の初め、ヴェルレーヌはランボーと大喧嘩した。その原因はささいなことだった。魚と油瓶をさげて買物から戻ってきたヴェルレーヌを、ランボーがからかったのだ。ヴェルレーヌはむっとしてその場を立ち去り、その足で港に駆けつけ船上の人になってしまった。いつもは捨てられ役のヴェルレーヌが今度ばかりは捨てる方に回った。ブリュッセルに渡ったヴェルレーヌは和解が成立しなければ自殺すると、マチルドや自分の母親に知らせる。マチルドは全然とりあわなかったが、息子に甘い母親はさっそく駆けつけて来た。妻が来ないのでお冠のヴェルレーヌは電報でランボーを呼び寄せた。このあとの経過はブリュッセル事件直後、予審判事の前でなされたランボーの供述に耳を傾けるにしくはないだろう。

「……私は火曜日の朝、ブリュッセルに着き、ヴェルレーヌと落ち合いました。母親が一緒でした。彼はこれといったはっきりした考えはもっていませんでした。とにかくブリュッセルにとどまることは嫌なのです。この町にいてもやることはなさそうだと踏んでいたからです。私は私で、彼の提案を受けいれてロンドンに戻るつもりはありませんでした。そんなことをしたら、われわれの友人たちからなにを言われるか、おおよその見当はついたからです。私はパリへ戻る腹を決めました。すると、ヴェルレーヌは私と一緒に行きたいと申し出ました。彼がよく口にしていたように、パリへ出かけていって妻やその両親に申し開きをするためです。そうかと思うと一転して、パリにはひどく悲しい思い出がいろいろあるからといって、私について来ることを嫌がりました。彼は極度の興奮状態におちいっていました。そのあいだも彼は、ずっと一緒にいて欲しいと私をかき口説きました。彼は絶望したり、逆上したりしました。彼の考えは支離滅裂でした。水曜の晩、彼は飲みすぎてへべれけでした。木曜の朝、六時に出かけ、戻ってきたのはやっと正午でした。彼はまたしても酔っぱらっていました。買ってきた拳銃を私にみせました。それで何をするつもりかねと尋ねると、ふざけて答えました。『きみのためさ、みんなのためさ。』彼はひどく興奮していました。

部屋に一緒にいた間も何度か酒を飲みに降りていきました。私がパリへ戻る計画を実行に移すのをなんとかして妨害しようとしていました。私はいっこうに動じませんでした。彼の母親に旅費の工面を求めさえしました。すると、とうとう彼は踊場に通じるドアに鍵をかけ、椅子を持ち出してその前に陣取りました。私は向かいの壁に寄りかかって立っていました。すると彼は『これはきみのためだ、きみが出発すると言い張るからだ』といったようなことを口ばしったのです。そして拳銃を私に向け、一発撃ったのです。弾は私の左の手首に当たりました。ほとんど間髪を入れずに二発目が撃たれました。しかし、今度はもう拳銃は私を狙ったわけではなく、床の方にだらりと下げられていました。

ヴェルレーヌは自分の所業について世にも激しい絶望の言葉を口にして、母親のいる隣室に駆け込み、ベッドに身を投げました。まるで気がふれたようでした。私の手に拳銃を握らせると、後生だからこめかみをぶち抜いてくれと泣きつきました。自分の身に降りかかったことをひたすら悔やんでいる様子でした。」

これだけで終われば、この事件はどうということもなかったはずだ。ランボーの傷は大したものではなかった。医者に対しては拳銃の暴発ということで言いつくろって手当もしてもらった。だが、まだ話の続きがあるのだ。翌日、母親に説き伏せられてヴェルレーヌはしぶしぶ友人の出発に同意

モンスの刑務所

した。しかし、せめて駅まで送りたいと言い出した。三人はホテルを出た。途々、ヴェルレーヌは相変わらずねちねちと友人の翻意をうながす。突然、先を行っていたヴェルレーヌが振り返り、拳銃のはいったポケットに手をつこんだまま、ランボーの前に立ちはだかった。前日のこともあるので、ランボーは身の危険を感じて、通り合わせた警官に保護を求めた。こうして事件は表沙汰になってしまった。

　ヴェルレーヌは逮捕され、懲役二年の重い実刑判決が言い渡された（パリ-コミューンへの加担や同性愛の事実が裁判官の心証を害したともいわれる）。ヴェルレーヌはこの判決を予想外に厳しいものと受けとめたようだが、客観的に見れば十分に殺人未遂を構成する犯罪であり、不当なものとはいえないだろう。ヴェルレーヌはモンスの刑務所に送られた。

　こうして一八七一年の九月以来の二人の詩人の関係は事実上終わりを告げた。ブリュッセル事件は二人の詩人の心に深い傷跡を残すことになるだろう。

ヴェルレーヌとランボーの関係で一番意外に思われることは、一〇歳も年下のランボーが終始イニシアチブをとっていることである。恐らくヴェルレーヌにとってランボーは、普仏戦争のさなかの一八七〇年一一月二九日に死んだあの美青年リュシヤン＝ヴィオティの格好の後釜のように映ったはずだ。だがこのシャルルヴィルの少年はヴィオティほど美形ではなかったかもしれないが、その強烈な個性でたちまちヴェルレーヌを呪縛し、圧倒した。「兄貴」が弟分に唯々諾々《いいだくだく》と従うことになるのだ。

ランボーの影響力

ただ、ここで注意すべきはランボーの影響力ばかりに目を奪われないことだ。生活面・思想面でのランボーの影響力は確かに絶大であったかもしれないが、芸術面に話を限ればヴェルレーヌの方が先輩詩人として多大の影響を与えていると判定すべきだろう。たとえばランボーの作詩法がヴェルレーヌと知り合って以来一変する。息の長い作品が姿を消す。一四行詩《ソネ》が姿を消す。主に一二音節詩句を使用していたランボーがヴェルレーヌ鍾愛の奇数音節詩句を試みる。ヴェルレーヌの名誉のためにも、作詩法の面における影響力には注意を喚起しておきたい。

右のような留保をつけた上で、やはりランボーのヴェルレーヌへの影響力は決定的であったといわざるをえない。その影響の性格についてはプレイヤッド版『全詩集』の『ロマンス－サンー パロール』解題のなかでジャック＝ボレルが的確に指摘している。

「ランボーの通過はヴェルレーヌの人生と作品にまるで火の矢のようにきらめく。啓示を与える腐食性のこの太陽の火によって、一瞬ヴェルレーヌは自分からもぎはなされ、皮をはがれ、裸にされる。それと同時に自分の最も深い面と激しく対峙させられる。彼が反抗し、おびえ、最後に逃げ出したのは、自分を捉えて放さない、自分より強いその拳が彼自身の果てまで無理矢理おもむかせようとしたからだ。一人だったら恐らく彼はその道をそんなに遠くまでたどることは決してなかっただろう。」

ランボーとの出逢いによってヴェルレーヌは裸形の自己と向き合うことになる。『サチュルニヤン詩集』や『雅なうたげ』のなかに見え隠れしていたが、『よい歌』ですっかり影をひそめてしまった、魂の微妙な陰影を歌いあげる詩心。小市民的な家庭の平安に惰眠をむさぼっていた詩心が突然すさまじい衝撃を与えられて本来の状態に引き戻され、豊かに湧出する。ヴェルレーヌは自己満足的な感慨やひとりよがりの感傷、要するに「主観的な詩」ではなく、非個人的な「客観的な詩」をめざす。勿論その「客観的な詩」はランボーのそれとは違ったものとならざるをえなかったけれども。ヴェルレーヌもまた自分の奥底から聞こえてくる無意識の声に耳を傾けようとしたのだ。

ランボーの通過によって生まれた詩集、それがヴェルレーヌの最高の詩集と評される『ロマンス・サン・パロール』である。

『ロマンス‐サン‐パロール』

詩集成立の事情

この詩集を構成する二三編は――二一編と数える方が一般的かもしれないが、「ブリュッセル」と「ストリート」はIとIIに分かたれ、内容的にも独立していると考えられるのでそれぞれ一編と数えた――ヴェルレーヌがランボーと「十字架の道行き」をしていた一八七二年五月頃から翌七三年四月頃までに書かれた。つまり『ロマンス‐サン‐パロール』はランボーとの親密な関係から生み落とされた詩集であるということが詩編の創作時期からも確認される。ヴェルレーヌ自身もランボーがこの詩集の誕生に果たした貢献を認めるのにやぶさかではなかった。この詩集の出版を依頼していたルペルチエに対してヴェルレーヌは一八七三年五月一九日に次のように書き送っている。「私はランボーへの献辞に非常にこだわる。まず第一に世間に対する抗議として、ついでこれらの詩句は、彼がかたわらにいて、書くようにと大いに私を励ましてくれたからこそ創られたからだ。」（この献辞はスキャンダルを懸念する友人の常識のせいで沙汰やみになったけれども）

ヴェルレーヌは、いつ頃から新しい詩集の構想をあたためはじめたのだろうか。詩集名と同じ

《romances sans paroles》という表現は『雅なうたげ』のなかの「クリメーヌ」の第二行にすでに使用されていた。しかしその当時に早くも『ロマンス』の構想が宿っていたとはとうてい考えられない。この構想の出発点は資料でさかのぼれる限りでは一八七二年九月、つまりランボーをともないロンドンに渡った直後である。ヴェルレーヌは友人のブレモンに次のように報告している。「『シャルルロワからロンドンへ』とでも名づけて差し支えない一連の作品の処理はきみに一切まかせるよ。」この時はまだ『ロマンス-サン-パロール』という詩集名は想定されていなかったようだが、『シャルルロワからロンドンへ』という題名は決定稿の第二章「ベルギー風景」を連想させる。

二週間ほどして同じくブレモンにあてた一〇月五日の手紙のなかで『ロマンス-サン-パロール』という題名が初めて話題になる。「私のささやかな本の題名は『ロマンス-サン-パロール』にする。一〇編ばかりの短い詩編は実は「悪い歌」と名づけても差し支えないだろう。しかし、全体は悲しくもあり陽気でもある、漠とした印象の連続で、ほかにも「ベルギー風景」のような素朴と言ってもいい描写がちょっぴりある。イギリス風なものがあるとは思わない。」ここで言及されている「一〇編ばかりの短い詩編」とはなにを指しているのだろうか。おそらく最終稿の第一章「忘れられた小曲」を構成することになる詩群のことであろう。事実、この章はローマ数字を冠された無題の九編からなっているし、ランボーの影も一番色濃く投影されている箇所で、「悪い歌」という呼称にはなはだ似つかわしい。

一二月になるとヴェルレーヌはルペルチエに対して詩集の構成や規模など立ち入った情報を提供している。「近々私は印刷屋に『ロマンス‐サン‐パロール』をもっていくつもりだ。四部構成だ。「ロマンス‐サン‐パロール」、「ベルギー風景」、「滑稽な夜」（一八世紀風俗謡）、「夜の鳥（バーズ‐イン‐ザ‐ナイト）」。締めておよそ四〇〇行。刊行されしだい――つまり一八七三年一月ということだが――送付するよ。」

著者の予測に反してこの詩集は出版を引き受けてくれる本屋が見つからなかったり、ブリュッセル事件のあおりを受けたりして刊行が大幅に遅れた。実際に陽の目を見たのは一八七四年三月のことだ。出版に手間どっている間にヴェルレーヌの考えにも変化が生じたのか、四部構成という形式は動かなかったものの内容に関しては修正が加えられ、最終的には左のような結果に落ち着いた。

（一）「忘れられた小曲」　九編
（二）「ベルギー風景」　六編
（三）「夜の鳥」　一編
（四）「水彩画」　七編

『ロマンス』の成立過程の検討を通して分かることは、前半の二章は――ランボーと関係の深い部分だが――早くからほぼ固まっていたようなのに、後半の二章は――マチルドと英国が問題になる部分だが――かなり手直しや書き足しがほどこされたらしいということだ。(一)から(四)の詩編の配列はおおむね創作順に従っているようだ。これらを考え合わせると、『ロマンス』という詩集は『サチュルニヤン詩集』のように当初からかなり計画的に構想された建造物ではなく、むしろ建て増しや改築を繰り返したそれのように思われる。ただ、その均衡を欠いた結構にもかかわらず、この詩集には確かに二本の軸が貫いているようだ。一つは心理的な、ランボー-マチルドの軸、もう一つは空間的な、ブリュッセル-ロンドンの軸だ。ヴェルレーヌの当時の心境を反映したものか、『ロマンス』はこの二つの軸の間を揺れ動いている。

詩集名の意味　成立過程の検討からもう一つ注目に値する事実が浮かび上がってくる。それは《ロマンス-サン-パロール》romance(s) sans paroles という表現がいろいろなコンテクストで使われているということだ。初出はすでに指摘したように『雅なうたげ』の「クリメーヌ」の第二行。

心まどわすゴンドラの舟歌、
ロマンス-サン-パロールよ、

ついで《ロマンス-サン-パロール》は、「忘れられた小曲Ⅰ」が一八七二年五月一八日の「文芸復興」誌に発表された時に詩編名として使われた（ただし「ロマンス」は単数形だったけれども）。この詩編はあとで検討するはずだが、《ロマンス-サン-パロール》の意味するところにぴったりの内容をもった作品である。さらに、すでに引いた一八七二年一二月のルペルチエあての手紙のなかでは、詩集名と同時に第一章の章名――後の「忘れられた小曲」――にも使われている。《ロマンス-サン-パロール》という言葉がこのように伸縮自在に使い分けられている事実は果たしてどう受けとめたらよいのであろうか。この事実は意外にこの詩集の本質に関わっているのかもしれない。もう少しこの詩集名にこだわってみたい。

周知のように《ロマンス-サン-パロール》はメンデルスゾーン（一八〇九～四七）のピアノ曲集『無言歌』(Lieder ohne Worte Heft) からヒントを得ている。この詩集名はわが国では慣例的に『言葉なき恋歌』とか『無言の恋歌』とか訳されてきたが、この訳語に問題はないのだろうか。《romance》は文学史の上では中世叙情詩の一ジャンルで、恋愛を歌う物語詩である。ヴェルレーヌの「ロマンス」はこの用法とはどうもなじまないようだ。してみると問題になるのは音楽用語としての「ロマンス」だが、これは詩（恋愛詩が多い）に曲をつけた、甘美な旋律の声楽曲あるいは器楽曲を指す。現在のフランス語では《mélodie》と呼んでいるもので、ドイツ語のリート(lied) に近いだろう。だとすれば「恋歌」は特殊な意味合いを帯びすぎるようで、むしろ「歌曲」

の方がすっきりするはずだ。

つぎに「言葉なき」とか「無言の」とか訳されている《sans paroles》。まず「パロール」が複数形に置かれていることに注意しよう。複数形の「パロール」は「歌詞」を意味する。従って「サン-パロール」は「歌詞のない」を意味することになる。《romances sans paroles》は詩集名として余りに散文的にすぎるかもしれないが、『歌詞のない歌曲集』あるいは『歌のない歌曲集』とすれば正確な訳となるはずだ（われわれが敢えてこれまで『ロマンス-サン-パロール』と片仮名表記をしてきたゆえんだ）。

ただ、われわれとしては「サン-パロール」は「歌詞のない」という消極的な事態を指すだけでなく、もっと強い意味がこめられていると考えたい。つまり「サン-パロール」は「歌詞など不要な」とか「歌など必要のない」とかいった積極的な事態を含意しているのだ。してみれば「ロマンス-サン-パロール」とは『歌詞（言葉）など無用の歌曲（詩）』ということで詩的言語における音楽性の顕揚《けんよう》という大胆な主張を盛り込んだ標題ということになるだろう。前に紹介した「何よりもまず音楽を」というマニフェストをヴェルレーヌはすでにして主張していたということになるわけだ。というより、あのマニフェストは『ロマンス-サン-パロール』の成果——さらに言えば第一詩集以来ヴェルレーヌの詩に底流していた音楽性——の追認・強調でしかなかったといった方が事態を正確に表現しているだろう。ヴェルレーヌの詩がフォーレやドビュッシーら多くの作曲家にインスピレーションを与えたことはその音楽性の純度を示して余りあるだろう。

《ロマンス-サン-パロール》はヴェルレーヌ流の「客観的な詩」の要請になっていることにも留意すべきだろう。彼は「〈われ〉とは他者なり」とは言わなかったけれども、たぶん彼の「われ」は他者であった。ヴェルレーヌという人間はもともと我の強い人間ではない。すでに確認したように先輩詩人や同輩詩人の影響を素直に受けいれた。また、外界（風景）に敏感に感応した。われわれが俎上《そじょう》に載せてきた第一詩集以来の佳品はすべてそうしたヴェルレーヌのしなやかな自我（moi）の所産であった。ヴェルレーヌにあっては〈われ〉は稀薄であると言える。そしてランボーとの接触によりヴェルレーヌは自分の本来の姿を明確に把捉したのだ。《ロマンス-サン-パロール》とは《ロマンス-サン-モア（moi）》（無我の詩《うた》）でもあるだろう。

音楽的印象主義

アダンをはじめとしてヴェルレーヌの「印象主義」を云々する向きが少なくない。絵画における印象主義の革命はマネを中心に一八七〇年から七四年にかけて達成された。ヴェルレーヌはマネら印象派の画家と親交があったし、印象派の台頭期と『ロマンス-サン-パロール』の執筆時期が重なることもあって、この議論は説得力がある。さらに、すでに問題にしたランボーの「客観的な詩」の影響もある。『ロマンス』にはこれまでのヴェルレーヌには見られなかった「印象主義的」作品が散見される。

ヴェルレーヌの印象主義は、オクターヴ＝ナダール言うところの「音楽的印象主義」としてまず現れる。その格好の例が『ロマンス』の第一章である。「忘れられた小曲」という章名自体がすでに示唆的だ。それに、すでに指摘したようにこの部分は一度は「ロマンス-サン-パロール」と呼ばれたこともあったのだ。

ところで、詩的言語において音楽性の追求はどういう形で実現されることになるのか。言葉のイメージ喚起力、その音響性、その律動に働きかけること。描写したり、説明したりするのではなく、マラルメのモットーを援用すれば「暗示すること」。論より証拠である。「忘れられた小曲I」――プレオリジナルでは「ロマンス-サン-パロール」と題されていたことを想起せよ――を読むことにしよう。

それはやるせない恍惚《エクスタシー》、
それはうっとりとしたけだるさ、
それはそよ風に抱きしめられて
ふるえおののく森のざわめき、
それは灰色の枝からの
小さな声の合唱。

おお　かそけくも　さわやかなつぶやきよ。
それは　さえずり　ささやく、
それは　風にそよぐ草の発する
忍び泣きにも似ている……
あるいは　早瀬の下で
音もなく揺れ動く小石か。

こんな眠っているような嘆き節で
なげいているこの魂は
ねえ　わたしたちの魂ではないのかしら？
そう　わたしの魂ときみの魂か、
このなま暖かいたそがれに
つつましい祈りの文句をそっと洩らしているのは？

この詩を読む人はそこに揺曳する、そこはかとない悲しみに心を打たれるにちがいない。しかしながら、別に「悲しい」という声高な叫びがあるわけではない。感傷的な悲しみの流露、つまり言葉はない。あるのはせつせつと胸に迫る悲愁に盈《み》ちた情緒の喚起。この作品の暗示表現についてはアダンが周到な説明を加えている。

「ヴェルレーヌが暗示しようとしている情緒は、ほとんど沈黙に等しい、低く低くうめく悲しみだ。ほとんど心地よいと言っても差し支えない悲しみ。それほどそこには優しいイメージが混じりこんでいるのだ。しかしながら胸をえぐるような何かがある。というのも、裏切られた男は自分がひどく一人ぼっちで無力だと感じているから。そして、いくつかのイメージがふと浮かび上がってくる。眠りこんでいるような平原、激しい風の下でおののく弱々しい木々、風にそよぐ草の優しい叫び。胸をしめつけるような震える風景。愛情に満ちた疲れとけだるさ。これらのイメージをヴェルレーヌは組み立てるのではない。（……）彼は、全動詞のなかでも最もなにも意味しない《アンシニフィアン》、最も無色な、最も不活発な動詞、《である》（etre）を連発する。言葉は軽くなり、裸になる。言葉は文法の要請を無視し、謙虚さの極み、沈黙に境を接する貧しさに行き着いてしまう。」

フランスの詩句は一二音節を代表に一〇音節とか八音節とか偶数音節が一般であるが、この作品は七音の奇数音節である。偶数音節詩句は安定していて座りがよい。それにひきかえ奇数音節詩句は日本の短詩型文学でいう「字余り」のような感じで、不安定な流動性を帯びる（正確を期せば、国民的律動である一二音節詩句との関係で余剰感の伴う一三音節詩句を除けば、奇数音節詩句は上位の偶数音節詩句に「足りない」と意識され、欠如感が伴う）。ヴェルレーヌは以前から奇数音節詩句を手がけなかったわけではないが、『ロマンス』からとりわけその頻用が目立つようになった。魂の微妙な顫動《せんどう》（音楽）を表現するにはこの不安定な詩句がうってつけだと判断したのだろう。のちにヴェルレーヌ自身すでに引用した「詩法」のはじめの部分で次のように奇数音節詩句の使用を奨励することになるだろう（ちなみにこの作品自身が一一音節詩句でつくられている）。

何よりもまず音楽を、
そのためには「奇数音節」を選ぶがよい、
朦朧《もうろう》として虚空《こくう》に溶け入りそうな、いかめしさも気取りもないこの調べ。

奇数音節詩句の実例を紹介するために、また合わせてヴェルレーヌがいかに言葉の音響性を活用しているかを確認してもらうために「忘れられた小曲Ⅰ」の第二節の原文を左に移しておこう（頭韻あるいは同一音素の繰り返しは大文字ないしは斜字体で表記する）。

O le FR*ê*le et FR*ai*s MU*r*MU*r*e!
C*e*lA gAzouille et sUsUrre
C*e*la ressemble au cri doux

Que l'herbe agitée expire.....
Tu dIRais, sous l'eau qui vIRe,
Le R*ou*lis *sou*Rd des caill*ou*x.

「呼びかけ」の構造

最後にこの作品の「呼びかけ」の構造に注意を喚起しておきたい。「この魂は　ねえ　わたしたちの魂ではないのかしら？」――この呼びかけは一体だれに向かってなされているのだろうか。ランボーだろうか。それともマチルドだろうか。恐らくランボーだと思われるが、はっきりとは決めがたい。この詩集のなかではこんな風に呼びかけられている相手が特定できないケースによく出会う。たぶん無理に特定する必要はないのだろう。この当時のヴェルレーヌにとってランボーとマチルドは愛の両極を体現しており、二重写しになっていたにちがいないから。

ここではむしろ「呼びかけ」の構造の意義を問題としたい。この構造は『ロマンス』の本質に関わる問題のように思われる。たとえばE・M・ジンメルマンの示唆的な発言に耳を傾けよう。「『サチュルニヤン詩集』の歌は孤独な歌であるという点で後続の歌とははっきり違いがある。そこからあの過去への後退、自己への跼蹐《きょくせき》、あるいは自然への溶解が出てくる。『よい歌』は愛する人に捧げられている。『ロマンス-サン-パロール』の大部分には対話《ディアローグ》が見られる。おそらくそのせいで、他者の現前をこのように意識しているせいで、詩編はもう溶解することはないのだ。」

　この「呼びかけ」の構造の頻出はランボーとの出逢いが引き金になっていると考えられる。すでに見たあの「客観的な詩」の要請を想起してほしい。「〈われ〉は他者なり。」〈われ〉〈わたし〉は思考の中心から引きずり下ろされ、他者としての〈われ〉、無意識の深みに放り込まれる。〈わたし〉は相対化されるのだ。無意識を通じて他者（客体）への回路が開かれる。主情を排した非人称的＝普遍的な歌が無意識の底から聞こえてくる。詩人はそのイメージの湧出に立ち会い、ただ「それは……だ」（C'est……）と確認するだけなのだ。「私」の稀薄化。マラルメの有名な言葉を借りて言えば詩人は「言葉に主導権を譲り渡す」。「忘れられた小曲Ⅰ」には「私」(je) は姿を見せないことを指摘しておこう。

　「忘れられた小曲Ⅰ」はランボーの『イリュミナシヨン』のなかの「眠れぬ夜々Ⅰ」を想い起こさせる。


それは熱っぽくも、けだるくもない明るいやすらぎだ、寝台で、また草原で。

それは烈しくも、弱々しくもない友だ。友よ。

それは悩ましもせず、悩まされもしない恋人だ。恋人よ。

それは探し求めたものではない空気と世界だ。生活よ。

——一体こんなことだったのか。

——そして夢が冷えてくる。

この作品は愛の交歓——おそらくヴェルレーヌとの——のあとに訪れたけだるい失望を歌いあげており、ヴェルレーヌの「忘れられた小曲I」と同じテーマを同じ構文（C'est……）を駆使して取り上げている。たまたま同一の課題をめぐる競作といってよいケースになっているだけに両詩人の資質の違いを如実に示しているようだ。一方はせつせつとした悲しみの喚起、一方はきびきびした対象の定位。等しく「客観的な詩」をめざしてもこれだけの隔たりが出てくる。ヴェルレーヌをランボーに引きずり回された詩人と見なす俗説がいかに誤っているかをこの例はよく示しているようだ。ヴェルレーヌはランボーに揺り動かされながらも、自分の本領がどこにあるかをしっかりと弁《わきま》えていたのだ。ヴェルレーヌにとってランボーは化学変化の触媒の役割を果たしてくれたと言ってよいだろう。

この「呼びかけ」は他者に向けて発せられるだけではない。他者となった自己にも発せられるのだ。「忘れられた小曲Ⅲ」を呼んでみよう。

都会に雨がふるように
わたしの心にも涙がふる。
心にしみいる
このわびしさはなんだろう。

地面にも屋根にも
おお　やさしい雨の音！
無聊《ぶりよう》をかこつ心には
おお　雨の歌か！

うんざりするこの心に
理由《わけ》もなく涙がふる。

え！　裏切りはないのかと？……
この悲しみには理由《わけ》もない。

一番つらいのは
愛も憎しみもないのに
わたしの心がなぜこんなにも
せつないのか　知りえないこと！

ここにも確たる「私」は見いだされない。自我の殻は砕け、外界（都市）と内界（心）の隔壁は崩れて、すべてのものが流動化する。マクロコスモス（世界）とミクロコスモス（人間）が交感する。相対化された「私」は人間存在の奥底をのぞきこむ。そこに露呈されるのは人間存在の不条理性――孤独と悲しさ――である。「忘れられた小曲Ⅲ」は人間存在の深淵に投げかけられた不安に満ちた問いかけであろう。ユイスマンスは『さかさまに』のなかで、ヴェルレーヌだけが「魂の不安を誘う或る彼方や、思念のいとも幽《かす》かな呟《つぶや》きや、いとも秘《ひそ》かな、いとも切れ切れの告白を推測させることができた」と激賞したが、けだし一家言である。
「忘れられた小曲」のⅠとⅢに代表される詩群にみられる傾向を「音楽的＝内向的印象主義」と

呼ぶことができるだろう。

絵画的印象主義

しかしながら、『ロマンス』のなかには「絵画的＝外向的印象主義」と称しうる傾向を帯びた作品もある。それは「ブリュッセル風景」を構成する詩群にほかならない。ここには「忘れられた小曲」の悲しさ・暗さはない。喜びにあふれた「私」が自我の殻を突き抜け、さっと客体世界に乗り移ってしまったような、そんな躍動感・流動感が感じられる。おそらくヴェルレーヌが最もランボーに接近したのはこの時だ。たとえば「ブリュッセル風景」の冒頭の作品「ヴァルクール」を見てみよう。

煉瓦よ　瓦よ
おお　恋人たちの
愛らしい
小さな　隠れ家よ！

ホップよ　葡萄よ
葉よ　花よ

札つきの　飲んべえたちの
すてきな　テントよ!

明るい　居酒屋
ビールだ　ざわめきだ
タバコ飲みたちの
アイドルの　給仕女たちよ!

近くの駅々
陽気な　ハイウェイ……
なんという好運、
人の好い　さまよえるユダヤ人!

足どりも軽やかに進む旅行者の眼に飛び込んでくる風景を次々と書き留めたような詩編。「それは……だ」という構文すらも不要になり、動詞はいっさい出てこない。名詞——それも無冠詞の名詞——が無造作に対象に投げられる。あるいは対象の方が名乗り出ると言うべきか。喜ばしい命名行為。主体と客体の区別は消滅している。そして客体＝対象への共感的な呼びかけ。「ブリュッセル（木馬）」を見てみよう。

まわれ　まわれ　木馬さん
百ぺん　まわれ　千ぺん　まわれ
幾度も　まわれ　ずーっと　まわれ
まわれ　まわれ　オーボエの音《ね》に合わせて

ふとっちょの兵隊さんと恐ろしくでぶの女中さんが
くつろいで　きみらの背中に騎《の》っている
というのも　今日は　カンプルの森に
ご主人たちが　おそろいで　お出ましだから
（……）
まわれ　まわれ　ビロードの空は
黄金の星たちを　ゆっくりと　身にまとう
おやおや　恋人たちのご出発

まわれ！　陽気な太鼓の音に合わせて

音楽的印象主義と絵画的印象主義は通底しており、要するに「自我の溶解」の二つの現れにほかならない。「自我の溶解」が内に向かうか、外に向かうかの違いでしかなく、内に向かう時は悲しいメロディーをかなで、外に向かうときは陽気なメロディーをかなでるまでのことだ。それは詩的エクスタシーの二様の表現形態と言えるだろう。エクスタシーとは本来《自己の外に出ること》（脱我）を意味するのだから。ヴェルレーヌは『ロマンス』において悲しみのエクスタシーと喜びのエクスタシーを極めたといって差し支えない。その意味でこの詩集はヴェルレーヌの詩的探求の一つの頂点を形作っている。詩的エクスタシーのあとでヴェルレーヌはどんなエクスタシーを求めることになるのだろうか。

不協和音——マチルドへの未練

『ロマンス』はヴェルレーヌの最高詩集だとわれわれは考えるが、不協和音が時に混じり込んでこないわけではない。それはマチルドを歌った詩群だ。そのなかには「忘れられた小曲Ⅶ」「夜の鳥《バーズ-イン-ザ-ナイト》」「グリーン」「スプリーン」「幼な妻《チャイルド-ワイフ》」を数えることができる。これらの作品を仮に「マチルド詩群」と呼ぶことにしたい。この詩群は『よい歌』に直結するもので、ヴェルレーヌの思いがもろに吐露されている。『よい歌』が希望を、喜びを、幸せを歌いあげているとすれば、マチルド詩群は絶望を、悲しみを、不幸をかこっていると言えるだろう（ただ「グリーン」だけは明るい作品で『よい歌』に入れてもおかしくない）。

すでに見たようにヴェルレーヌの心はランボーとマチルドのあいだをブランコのように往復していた。マチルドが離婚訴訟の手続きを着々と進めているのを知ると、ヴェルレーヌは訴訟を取り下げてくれるようにと泣きつく。マチルドはヴェルレーヌがランボーと完全に手を切ることが先決問題だと夫の和解の申し入れをはねつける。自分から離れてゆこうとする妻をなんとかつなぎ止めようとヴェルレーヌは躍起となる……。

「忘れられた小曲Ⅶ」ではヴェルレーヌの妻への未練が綿々と歌われている。

おお　たった一人の女のために　そのために
おお　わたしの心は悲しかった　悲しかった

わたしの心は離れてしまっているのに
わたしは諦めきれないのだ

わたしの心も　わたしの魂も

その女から遠くのがれたというのに
わたしの心は離れてしまっているのに
わたしは諦めきれないのだ

そして　わたしの心は　わたしのあまりにも感じやすい心は
わたしの魂にたずねる——ありうることか

ありうることか　たとえそうだとしても
こんな無体な追放が　こんな悲しい追放が

わたしの魂はわたしの心に答える——わたしだって知るものか
離れてしまっているのに

追放されているのに　二人は一緒だという
この罠が一体どういうことなのかは

この別離についてヴェルレーヌは非はすべて妻の方にあると主張する。

あなたはわたしの率直さがまるで分からなかったのです、
　まるで、おお　哀れなひとよ！　（「幼な妻」）

あなたは辛抱がまったく足りませんでした。
残念ながら　それは十分わかります、
あなたはまだ若いのですから！
思いやりに欠けるのは
天使の年頃にはよくありがちなことです！

あなたには優しさがまったく足りませんでした。
残念ながらそれも分かります。
おお　つれないひとよ、あなたはまだまだ若いのですから、
あなたの心が冷淡なのも当然です！　（「夜の鳥」）

すでに述べたような事情――酒、暴力、ランボー――を商量すれば、マチルドが夫との離別を求めたとしても無理からぬことと思われるが、ヴェルレーヌの言い分にも耳を傾けないのは片手落ちというものだろう。ヴェルレーヌも強調しているように、マチルドが幼なすぎたということはやはり大きな問題をはらんでいたにちがいない。結婚当時彼女は一七歳で、別れ話が持ち上がったときもまだ二〇歳前の若さだった（ちなみにヴェルレーヌは九歳年上）。世間知らずで、わがままだったかもしれない。ヴェルレーヌが求めていたのは優しいなかにも厳しさをもった姉のような女性、酸いも甘いも嚙みわけた頼りがいのある女性であったようなので――エリザ＝モンコンブルのようなと言ってもよいかもしれない――「幼な妻」ではもの足りなかったのかもしれない。それからまた、自由人ヴェルレーヌにとって妻の両親との同居は気詰まりだったろうし、なにかというとしゃしゃり出てくる俗物の義理の両親は目障りだったろう。ランボーがその仲を裂くまでもなくこの夫婦はいずれ別れることになったのかもしれないが、一七歳の少年詩人の登場がその動きに拍車をかけてしまったことは否《いな》めない。ヴェルレーヌは不安におののく弱い自分をしっかりと抱きとめてくれる強い支えを必要とし、求めていた。その支えをヴェルレーヌはマチルドに求めて得られなかったのだ。フランシス＝カルコも言うように、ヴェルレーヌの「人生の真のドラマ」は彼の人生に彩りを添えるさまざまな愛の遍歴ではなく、「架空の権威の追求に捧げられた実存がみせる永続的な不安定さ」である。「架空の権威」をめざす詩人の追求はまだまだ続くだろう。

V　エロスとアガペー

回　心

獄中での回心

ヴェルレーヌは一八七三年八月八日の判決後、一時ブリュッセルのプチ-カルム刑務所に拘置《こうち》されていたが、同年一〇月末にモンスの刑務所の独房に身柄を移された。彼は『ロマンス』出版の準備をしたり、英語の勉強も兼ねて英文学関係の書物を読んだり、宗教書をのぞいてみたりといった風で修道僧のような真面目な生活を送っていた。一八七四年三月に刊行された『ロマンス』は一人の友人の書評以外なんの反響もなかった。犯罪人の詩集に対して世間の目は冷たかった。それでも詩人は気を取り直した。マチルドとの和解に一縷の望みを託していたのだ。しかし、その望みは無残に打ち砕かれることになる。

一八七四年六月のある日、詩人は刑務所長から残酷な知らせを聞かされた。それは、マチルドの起こした離婚訴訟の判決の結果（七四年四月二四日付け）で、妻の側の主張が全面的に認められたというのだ。アルコール依存症、同性愛者、犯罪人、元コミューン加担者——理由はおつりが来るほどであった。非はすべて夫の側にあり、正式に離婚が認められた。息子は母親が引き取り、夫には息子の養育費の支払が義務づけられた。いつかは妻とよりを戻し、息子のジョルジュとも一緒に暮らせるだろうという甘い幻想はこの判決で吹き飛んでしまった。ヴェルレーヌは絶望のどん底に突き落とされ、思わずその場に泣き崩れてしまった。彼は教戒師を呼んでもらい、自分の罪の数々を懺悔した。この日以来ヴェルレーヌは宗教的情熱にとらわれた。そしてある日突然神秘的な高揚感を体験して、だいぶ前からなおざりにしていたカトリックの教えに回心した。この回心劇は突然の出来事のようによく誤解されているが、実際は数カ月を要したのだ。

この回心劇がただちに宗教詩集の傑作『知恵』を生み出したわけではない。独房はやはり詩の創作にとって都合のよい場所ではなかったようだ。事実、『知恵』の大部分は出所後の作である。

出所と最後の会見

一八七五年一月、ヴェルレーヌは禁固二年の刑を六カ月減じられて出所した。迎えに出た母親とともにファンプーに一時身を寄せた。農業に従事する心づもりがあったらしい。この計画はすぐに立ち消えになり、ヴェルレーヌはマチルドに復縁を迫るべくパリにおもむいた。マチルド側ははなからこの話には乗ってこなかった。ヴェルレーヌはマチルドのガードの固さにショックを受けて悄然《しょうぜん》とアラスに引き返した。一時、ヴェルレーヌは修道院で余生を送ることも考えたらしいが、既婚者の彼にはその道は閉ざされていた。

一八七五年二月、ドラエーを通じてランボーと連絡がとれ、シュトゥットガルトに出向いた。ドイツ語をマスターするためにランボーはさる医師の家に家庭教師として住み込んでいたのだ。殊勝にもヴェルレーヌは旧友を回心させて真っ当な道に引き戻してやりたいと考えていた。この再会はヴェルレーヌの抹香《まっこう》臭い説教で始まり、ビヤホールの泥酔で終わったらしい。派手な立回りの末なぐり倒されたヴェルレーヌが川岸に朝までのびていたというまことしやかな伝説があるけれども、真為のほどは定かではない。少なくとも当事者の一人の証言はこの伝説を否定している。ランボーはこの時の模様を親友に次のように報告している。「彼は二日半逗留した。それから、わたしの忠告を聞き入れてパリに戻ったが、そのあとは彼方の島に渡り勉強を仕上げる腹だ。」（一八七五年三月五日付けドラエーあて手紙）これがヴェルレーヌとランボーの最後の会見であったらしい。

田舎教師として

ランボーが推測したように事実、ヴェルレーヌは三月二〇日頃にロンドンに渡った。三月末、ロンドンの北方二〇〇キロ――ボストンから一三キロ――にある人口八〇〇人ほどのスティックニー村のグラマースクールに奉職する。彼はフランス語と図画を教えた。品行方正で教え方も熱心で、生徒や村人にも受けがよかった。彼はこの静かな村で一年間教鞭をとった。そのあとボストンで個人教授をしたが、思うように生徒が集まらなかった。

一八七六年九月、英国南部の、イギリス海峡を望む保養地ボーンマスのセントーアロイジウス学院に職を得た。ここでも一年間教えたが、この学院のお高くとまった校風に最後までなじめなかったようだ。英国の田舎で教鞭をとったこの二年半はヴェルレーヌの生涯で最も平穏な時期であったろう。彼は信仰心に燃え、好きな酒もぷっつりと絶ち、身を節して、読書や創作に励んだ。『知恵』の多くの作品がこの頃に書かれた。

一八七七年九月、ヴェルレーヌは望郷の念に駆られてセント=アロイジウス学院を辞めて英国をあとにした。フランスに戻ってみたものの、彼にははっきりとした将来の展望があるわけではなかった。まだ三三歳の若さであるが、脛《すね》に傷もつ身であれば選べる職業もおのずと限定されてくる。とにかくほとぼりの冷めるまでパリは避けなければならない。英国へ再び渡ることも覚悟したが、運よくドラエーの後任としてパリの東北、ベルギーに近い都市ルテルの高校に赴任した。ヴェルレーヌは週三〇時間の授業をもち、フランス語、英語、歴史を教えた。

彼は一八七九年の夏までここに留まった。

「息子」リュシヤン

最初の一年は大過なく過ぎた。ヴェルレーヌは威厳たっぷりで、生徒たちから「イエス・キリスト」というあだ名を頂戴した。だが、二年目にはいると、あの飲酒癖がまた出てきた。それに加えて肉欲のうずきに悩まされるようになった。精神の均衡が崩れはじめたヴェルレーヌの前に一人の少年が現れ、彼の心を妖しくかき乱した。その少年はリュシヤン=レチノワという名前で、ヴェルレーヌの教え子で、歳は一八だった。とりたてて美形というわけではなかったが、痩せぎすな色白の少年だった。ルテルから一四キロほど離れたクー

リュシヤン＝レチノワ

ロム村の農夫の子息だった。ヴェルレーヌはリュシヤンを「息子」と呼んで目にかけた。プチフィスはこの二人の関係について次のように評している。

「二人の間柄は緊密であったが世間的な分類にあてはまらぬものであった。友情でも恋愛感情でもなく、いわば一種の父と子の不思議な共犯性であった。それと知らずに、リュシヤンはヴェルレーヌの心の中で彼が奪われた息子ジョルジュの位置を占めてしまい、ジョルジュを先取りしたのだ、とでも言いうるだろう。」

このプチフィスの見解はあまりにもきれいごとに過ぎるようだ。一八七八年にヴェルレーヌはわが子に再会しているが、当年とって七歳である。父性愛的要素が皆無とは言わないけれども、七歳の幼児と一八歳の少年を重ね合わせるのはやはり少々無理がある。ヴェルレーヌは男盛りの三四歳、通説にしたがってランボー――この頃はヨーロッパを放浪していた――の後釜と考えるのが自然だろう。ランボーがヴェルレーヌの前に姿を現したのが一七歳の時であったということも付言しておきたい。リュシヤンを歌った次の詩句はヴェルレーヌのこの少年に寄せる愛の性格をよく示しているだろう。

彼はスケートが達者だった、
元気いっぱいに飛び出しては、
本当に愛らしく戻ってくる。

背の高い少女のようにほっそりして、
針のように輝きはつらつとして強く、
鰻のようにしなやかでバネがある。

ああ　目の錯覚だろうか、
愁いをおびた涼しい瞳、
その輝きのあでやかさ。

一八七九年八月、ヴェルレーヌは酒の上での不始末が原因で免職同然の処置を受けた。すると、ヴェルレーヌは学業を終えたリュシヤンと離れたくない一心で、両親に掛け合い、息子をイギリスに連れて行く許可を得た。二人は八月末にイギリスに渡り、職をさがした。運よく、四年前に教えたことのあるスティックニーのグラマースクールに空席が一つあることを知った。そこにリュシヤンを押し込み、自分はボーンマスに近い、ワイト島に面した南海岸の港町リミントンの学校にポストを見つけた（リュシヤンの評判はかんばしくなかった）。

クリスマス–イヴに二人はロンドンで再会した。リュシヤンは悲しそうな面持ちだった。ヴェルレーヌが問い詰めると、リュシヤンはスティックニーのある娘が好きになってしまったのだと告白した。ヴェルレーヌはすっかり取り乱してしまった。二人は仕事をほうりだしてそのまま英国を去った。

晴耕雨読の日々

フランスに戻ったヴェルレーヌは今度は、リュシヤンと農耕に従事することを思い立った。一八八〇年三月、さっそく母親に泣きついて、ルテルに近いジュニヴィルにちょっとした農園を購入してもらった。農事はレチノワ一家が主に引き受け、ヴェルレーヌはほとんど手を出さなかった。こうして詩人の暢気《のんき》な晴耕雨読（？）の生活がはじまった。しかし、ヴェルレーヌはじきに田舎の単調さに退屈し、捲土重来《けんどじゅうらい》を期してパリに出かけ、『知恵』の出版のために奔走する。出版社がなかなか見つからなかったが、宗教関係の出版社パルメ書店から自費出版（五〇〇部）されることになった。一八八〇年一二月の初め——奥付では一八八一年——『知恵』が刊行された。『ロマンス』と同じようにまたしても黙殺の憂目にあった。

ジュニヴィルの土地は別れた妻が目をつけるのではないかと、レチノワ夫婦の名義で購入されていた。ヴェルレーヌが農園の管理をまかせきりであったのをよいことに、レチノワ夫婦は無断で土地を買い足していた。その借金を清算するために土地を手放さざるをえない状況に立ち至っていた。レチノワ夫婦はベルギーへ逐電《ちくでん》する。こうしてヴェルレーヌの晴耕雨読の生活は惨めな結果に終わった。

前科者の汚名

一八八二年六月、ヴェルレーヌは背水の陣を敷いてパリに向かった。ルペルチエやブレモンらの奔走でヴェルレーヌは新しく台頭しつつあったデカダン派の雑誌に寄稿するようになった。スキャンダルと伝説に包まれた詩人のカムバック。ランボーと手をたずさえてパリを去ったのが一八七二年の夏のこと。あれからちょうど一〇年の歳月が流れていた。相方のランボーは詩作の筆を折り、アビシニア（エチオピア）の砂漠をさまよっていた。

ヴェルレーヌは詩壇への返り咲きに力を注ぐとともに安定した就職口をさがした。大学のポストも考えたが、資格の関係で断念し、かつて七年間在職したパリ市役所への復職に望みを託した。一八八二年八月、必要書類を提出した。ルペルチエがその筋にコネがあるのでこの話はうまくまとまりそうだった。しかし志願者の履歴に傷があることが判明した。コミューンに協力したため一八七一年七月一一日づけで免職処分を受けていたのだ（ヴェルレーヌはこの事実を知らなかった）。不信を抱いた事務当局は調査をはじめ、「ブリュッセル事件」を探り当てた。前科者の汚名。むろん不採用だ。ヴェルレーヌはこの結果にひどく気落ちした。前科者の自分には社会の門戸は閉ざされているのだ。ヴェルレーヌは「不幸な星のもとに生まれた」人間の悲哀を、「呪われた」人間の苦しみを痛いように感じたにちがいない。

さらに追い討ちをかけるように悲しい出来事が起こる。翌一八八三年四月三日ヴェルレーヌは、兵役に服していた愛するリュシヤンが腸チフスにかかり、パリのラセペード通りの施療病院にかつぎこまれたという知らせを受けた。ヴェルレーヌはすぐに駆けつけたが、病人は絶望的な状態だった。数日後、リュシヤンは「ポール！……ポール！……」と叫びながら息を引き取った。二三歳の若さだった。

私の息子は死にました。おお　神さま、私はあなたの掟を讃えます。
私はあなたに涙を捧げます、不実な心の持ち主の涙を。
あなたは厳しく罰します。そして、一人の人間への愛ゆえに
衰えかけていた信仰を元通りに生き返らせてくれるのです。

（「リュシヤン＝レチノワ」Ｉ）

たてつづけの運命のつらい仕打ちにヴェルレーヌは目の前が真っ暗になった。文学的には確実に返り咲きを果たしつつあったが、ヴェルレーヌの心にはぽっかりと空洞があいてしまった。

『知　恵』

『知恵』は宗教詩集の傑作という定評を鵜呑みにすると戸惑う点が多々ある。この詩集は三部からなっているが、その中核をなす第二部——分量的には一番少ない——を別格にすれば、宗教的な内容を扱った作品は意外と少ないことにまず驚かされる。それからもう一つ意外な事実は、この詩集は七四年夏の体験である獄中の回心の所産と一般に見なされているが、獄中で書かれた作品は少なく、その執筆時期は一八七三年から八〇年の長きに渡っている。とりわけ英国滞在中（一八七五〜七七）に半数近くが書かれている。『知恵』という詩集の内容と創作時期をめぐるこの二つの意外な事実はどうして生まれたのだろうか。

長期化した準備期間

ヴェルレーヌは獄中で『ロマンス』のあとの詩集を早くも構想していたのだろうか。出所して数カ月後の一八七五年五月七日にドラエーに『独房にて』の出版の抱負を書き送っている。この詩集は三二編の詩編からなり、その大部分が表題にふさわしく獄中で創作されたものと推定されている。この興味深い詩集は残念ながら、けっきょく適当な版元が見つからず、陽の目を見なかった。ヴェルレーヌはよほどこの詩集に未練があったのだろう。くだんの三二編の大部分は、三つの詩集に分散して収録されることになる。つまり一二編が一八八五年の『昔と近ごろ』、八編が一八八九年の『平行して』、七編が『知恵』に採られたのだ。特に注目すべきは『独房にて』の雄編「終曲」が『知恵』の第二部に移されたことだ。『独房にて』の中心作を詩集の中核に据えることによって『知恵』は幻の詩集のエッセンスを吸い上げることになったと言えよう。

『独房にて』を話題にしてから半年後の七五年一一月一九日、ヴェルレーヌはブレモンあての手紙ではじめて詩集『知恵』の構想を開陳する。すでに触れたようにこの詩集の半分近くの作品が一八七五年から七七年の英国滞在中に集中的に書かれた。そして七七年の一〇月には新しい詩集は刊行される段取りになっていたが、この計画は頓挫《とんざ》した。そうこうしているうちに新しい作品が少しずつ書きためられてゆく。詩集『知恵』は『独房にて』の時代を含めて、主に外的要因に影響されて実に七年の長い形成過程を経て八〇年の一二月にようやく刊行にこぎつけた。こうした準備期間の長期化のせいで母屋（第二部）に付属する両翼（第一部・第三部）が異様に突出する結果になってしまった。

『知恵』の意図と立場

ヴェルレーヌは『知恵』の初版の序文のなかで自分の意図と立場を明確に示している。「本書の著者はいつも現在と同じ考え方をしていたわけではない。彼は長いあいだ現代の退廃のなかをさまよいながら、それなりに誤りと無知に加担してきた。その後、身から出た錆とはいえ多くの苦しみを嘗《な》めたおかげで目から鱗が落ちた。神の加護により彼は啓示を理解することができた。彼は、久しくなおざりにしていた〈祭壇〉の前にぬかずき、〈最善〉を崇め、〈全能〉を祈願する。なんの取り柄もないけれども善意にかけては人後に落ちない〈教会〉の従順な信徒として、自らの弱さの自覚と過誤の思い出に導かれて、彼はこの作品を書き上げた。この作品は久しい文学的沈黙のあとになされた初めての公的信仰告白である。（……）著者は非常に若くして――一〇年ないし一二年ほど前にということだが――懐疑的で、また悲しくなるほど軽佻浮薄《けいちようふはく》な詩編を刊行したことがある。このたびの詩編のなかには、カトリック教徒の繊細な耳朶《じだ》を傷つけるような不協和音は一切ないものと敢えて信じたい。この点は、著者の最も誇りとする希望であるとともに、達成のあかつきには最も重要な栄光でもあるだろう。」

断固たる自信にみたち序文だ。しばらくパリを留守にしていた詩人としてはこれくらい派手にぶちあげないと迫力に欠けるという舞台裏の事情はあるだろうが、かなりけれんのある序文ではある。

この序文の日付は「一八八〇年七月三〇日」になっているが、文中の「久しい文学的沈黙」や「一〇年ないし一二年ほど前」という表現との関係はどうなるのか。前者の表現については七四年に刊行された『ロマンス』が問題になる。後者の表現については『サチュルニヤン詩集』（一八六七）が問題になるし、また、『雅なうたげ』（一八六九）はともかくとして『よい歌』（一八七二）が「軽佻浮薄」の名に値するかどうか疑問がある。つまり、ヴェルレーヌの時間的指示は必ずしも事実と対応していないのだ。故意の言い落しや歪曲があるようだ。それは詩壇への返り咲きを画策するヴェルレーヌの戦略と見るべきだろう。

では彼の狙いは一体なにか。それは自分の「文学的沈黙」をなるべく長く見せかけることだ。もっと端的に言ってしまえば七四年刊の『ロマンス』を闇に葬り去ること。そこには「ブリュッセル事件」の忌まわしいスキャンダルが自分の文学的カムバックにとって障害になるという読みが働いている。従ってこの序文のなかでヴェルレーヌが敢行していることは自分の過去の全面的抹殺である。その抹殺は文学と人生の両面にわたっている。そしてそれは伝統への復帰という形で実現された。

すでに見たように回心は忘れられなおざりにされていたカトリック信仰への復帰であった。思想的に伝統へ復帰したヴェルレーヌは文学的にも伝統的な作詩法を重んじる詩人に変身する。奇数音節詩句の使用に端的にうかがえるようにヴェルレーヌは作詩法の面では大胆な詩人であった。その彼が『知恵』においては一二音節詩句をはじめとする偶数音節詩句を頻用し、定型の一四行詩《ソネ》を多用して、伝統的な詩型や律動への回帰を示している。魂の安定をもとめる回心と詩的伝統への回帰は連動する動きであろう。

その思想と文学においてヴェルレーヌは伝統主義者として生まれ変わる。正道に戻り悔い改めた詩人として再出発する。その当然の結果としてヴェルレーヌは新しい詩集の宗教的性格、カトリック性を大いに売り込むわけであるが、すでに指摘したように予想外にこの詩集は非宗教的であり、「カトリック教徒の繊細な耳朶を傷つけるような不協和音」が皆無とは言えないようだ。その理由の一つはすでに見たように執筆期間の長期化による詩集の膨張であるが、ほかにも理由がある。それはヴェルレーヌの回心のありようとその質に関わっている。彼の回心はどのような性格をもっているのだろうか。またどんな問題をはらんでいるのだろうか。以下、『知恵』所収の中核的作品を俎上に載せながらヴェルレーヌの回心劇を再構成し、その問題点を摘出することにしよう。

愛の挫折——回心への序曲

空は屋根の上の方で
　あんなにも青く　あんなにも静かだ
一本の木が　屋根の上の方で
　枝をゆすっている

あの空に　鐘の音が
　静かに鳴りわたる
あの木の上で　一羽の鳥が
　嘆きの歌をうたっている

自筆原稿　「空は屋根の上の方で……」

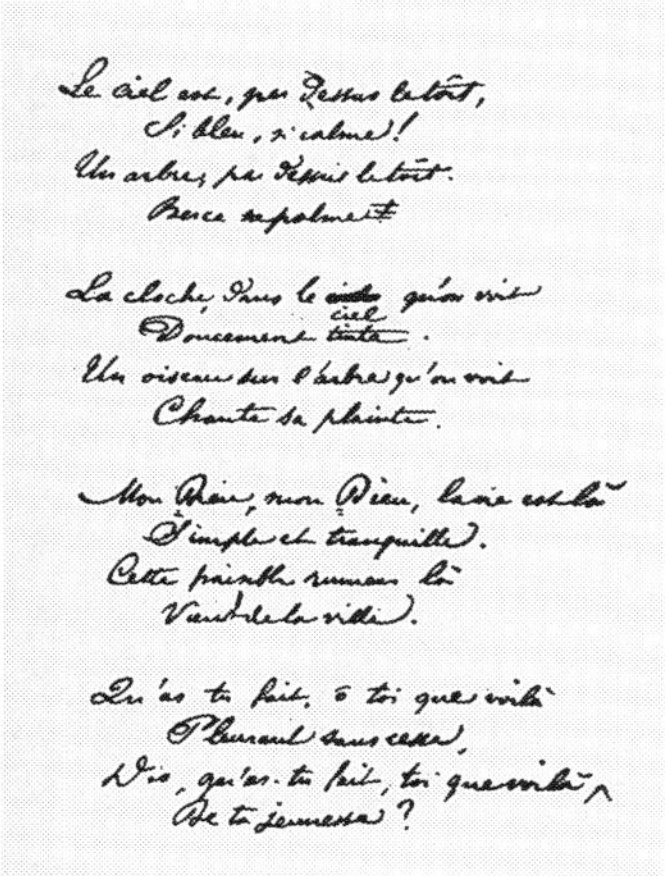
Le ciel est, par-dessus le toit,
Si bleu, si calme!
Un arbre, par-dessus le toit,
Berce sa palme.

La cloche, dans le ciel qu'on voit,
Doucement tinte.
Un oiseau sur l'arbre qu'on voit
Chante sa plainte.

Mon Dieu, mon Dieu, la vie est là
Simple et tranquille.
Cette paisible rumeur-là
Vient de la ville.

Qu'as-tu fait, ô toi que voilà
Pleurant sans cesse,
Dis, qu'as-tu fait, toi que voilà,
De ta jeunesse?

ああ　神よ　人生は　あそこにある
　素朴で　静かな人生が
あの平和なざわめきは
　街の方から昇ってくる

――どうしてしまったのか　そこで
　いつまでも泣いているきみ
ねえ　きみの青春を
　どうしてしまったのか

この詩編が書かれたのは一八七三年の夏。ヴェルレーヌは「ブリュッセル事件」のためプチーカルムの刑務所に拘禁されていた。ここに喚起されている風景が獄窓から眺められたものと分かればなにげなく名指されている空や木や鳥や街の喧騒が重い意味を帯びてくるはずだ。それらは別世界のもの、詩人はもうその世界の住人ではないのだ。この当時ヴェルレーヌは二九歳の若さである。呪われた青春。ヴェルレーヌの脳裏にランボーとの悪夢のような体験が執拗に去来したにちがいない。

あの悪魔の申し子が唱道していた「普遍的愛」とはなんだったのか。神に唾する傲慢のなせる業ではなかったのか。いま獄中でヴェルレーヌはランボーとの関係を冷静に考え直す。「あの未聞の災厄《さいやく》」は今や「空しく消えた一場の夢」にしかすぎない。あれは愛ゆえの暴走、「愛の罪」にほかならない。ヴェルレーヌはランボーとの体験を厳しく断罪する。

「狂気の処女」のこの断罪の厳しさは注目に値する。なぜなら「地獄の夫」は二人の関係を余裕をもって突き放し、「おかしな夫婦だ！」とせせら笑い（『地獄の一季節』「錯乱Ｉ」）、一人の孤独な真理探求者として「一つの魂と一つの肉体のなかで真理を所有すること」に賭けることになるからだ（同上「別れ」）。ヴェルレーヌはランボーのように決断力と実行力にあふれる果断な行動家ではない。本人自身も告白するように「女性的な人間」である。自分の心にぽっかりあいた空洞にとまどい、誰かがそれを満たしてくれるのをひたすら待つ。この時マチルドの面影がまたしてもよみがえる。藁をもつかむ思いで彼女とよりを戻せたらと希望をかき立てる。獄中生活初期のヴェルレーヌは「愛の罪」の懺悔とマチルドへの未練――この二つの愛の後遺症に悩まされたにちがいない。ランボーへの愛の回路がブリュッセル事件で絶たれた以上、マチルドへの思いは必死であったろう。だからこそ一八七四年四月二四日の離婚成立の判決はヴェルレーヌを絶望のどん底に突き落としたのだ。愛ゆえに地獄に堕ちた人間を救いうるものは愛だけであろうから。ヴェルレーヌは愛に生きる人間だということを確認するには第二部の四番目の詩編――「キリストへのソネ」（sonnets au Christ）と呼ばれることがある――を読めば足りるだろう（以下、第二部所収詩編の出典指示はローマ数字で作品番号、漢数字で章を示すことにする）。

（……）わたしは罪人、卑劣漢、
心おごれる者、務めのように悪をなし、
嗅覚、触覚、味覚、視覚、聴覚、

全感覚のなかに――ああ！　そのすべての
希望と悔悟のなかに愛撫の
恍惚しか抱かない者だ　　（Ⅳ―四）

人間の愛に裏切られた人間に手をさしのべることができるのは神だけだ。しかし神と罪深い人間のあいだに横たわる隔たりは余りにも大きい。ヴェルレーヌは「ああ！　わが罪のこの黒き深淵」と叫ぶ（Ⅰ）。そして神を愛することの不可能性を感じる。

わたしがあなたを求めながら見いだしえないのは本当だ

でも　あなたを愛するなんて！　わたしがいかに低きにいるかをご覧ください、
あなたの愛はいつも炎のように高く昇るというのに。　（Ⅳ—二）

深淵の底でのたうちまわる無力なヴェルレーヌはただひたすら神の加護を求める。

あなたのみ手をわたしの方にさしのべてください。
うずくまったこの肉体と病める精神を立ち上がらせることができますように！　（Ⅳ—六）

こうしたヴェルレーヌの絶望的な呼びかけに対して神はいかなる答を返すのであろうか。

完全なる自己放棄

愛ゆえに傷つき苦しむヴェルレーヌはキリストの十字架上の磔刑《たくけい》に深い共感を示す。キリストもまた人類への愛ゆえに血を流したのではなかったか。愛を通して、血を通してヴェルレーヌはキリストと合体しようとする。いわゆる「聖体の秘跡」(Eucharistie) である。その神秘的な体験の喜びをヴェルレーヌはⅠで感動的に歌いあげている。

おお　わが神よ　あなたは愛でもってわたしを傷つけた

その傷は　今なお　ふるえている
おお　わが神よ　あなたは愛でもってわたしを傷つけた
（……）
わたしの魂を　あなたの〈ぶどう酒〉の波に　溺れさせてください
わたしの命を　あなたの食卓の〈パン〉に　溶かしてください
わたしの魂を　あなたの〈ぶどう酒〉の波に　溺れさせてください
（……）
あなた　平和の　悦びの　幸福の神よ
わたしの怖れのすべてを　わたしの無知のすべてを
あなた　平和の　悦びの　幸福の神よ

あなたは　それら一切を　知っている
それから　わたしが　誰よりも　貧しいことを
あなたは　それら一切を　それら一切を　知っている

しかし　わが神よ　わたしの持てるものを　わたしはあなたに捧げます

プチフィスはこの詩について次のようなコメントを加えているが、まさに至言である。「この詩をことさら感動的なものにしているのは、この不幸な男がもはや何も持っていなかったということである。友も、家庭も、財産も、名声も、自由も、何もかも失ってしまったのだ。彼が捧げるのは――捧げることができる唯一のものは、彼の苦しみである。誇張でなしに、彼は聖人たちの光明あふれる平安の中へと入って行ったのである。」

この回心劇の核心は詩人の完全なる自己放棄にある。すべてを失った人間がすべてを手にするのだ。喪失は獲得を意味する。まさしく「負けるが勝ち」である。

「私は女性的な人間です」

思えば、この回心劇ほど劇的＝神秘的ではないにしても、ヴェルレーヌは同質的な体験をすでに経験しなかったわけではない。J・ボレルが言うように「自己を放棄すること、他人に身をゆだねること、母であれ妻であれ神であれ友であれ、他者のなかに避難所や自己に対する保護を捜し求めること、これこそはヴェルレーヌにあって恒常的な動きである」。

われわれはヴェルレーヌの精神の核心に迫りつつある。もっとも本人自身も自分の精神の秘密を知悉《ちしつ》していた。彼は晩年のある日こう記している。「私は女性的な人間なのです。このことが多くのことを説明してくれるでしょう。」彼が酒がはいると凶暴になる――男性化する――のは自分の女性性に対する反発のなせる業であったのだろう。彼の精神構造は本質的に「女性的」なのだ。ヴエルレーヌは「リュシヤン＝レチノワⅣ」の冒頭で「わたしは愛するという狂熱（fureur d'aimer）をもっている」と表白する。男の場合、愛するという行為は愛の対象を自分の方に引き寄せ、自分のなかに取り込むという形――我有化――で表現されることが多い。しかし女の場合、愛は所有という形ではなく、愛の対象の方に自己を差し出すという形――献身――で表現されることが多い。類型的だという批判は覚悟の上で、本質論として愛において男性的（能動的）原理と女性的（受動的）原理の存在を指摘することができるだろう。そしてヴェルレーヌの場合はまさしく女性的原理が優勢なのだ。彼の愛で特徴的なことは自己放棄がその原動力になっていることだ。われわれはここまで折に触れてヴェルレーヌが不幸な星のもとに生まれた自己を嫌悪し呪詛《じゅそ》している例を目撃してきた。あるいは多くの作品から不安におののく魂の啜り泣きを聴き取ってきた。ヴェルレーヌのなかには自己を忘れたい、自分から逃れたいというやみがたい欲求がある。つとにパスカルは「自我《モワ》とは憎むべきものである」と揚言したが、ヴェルレーヌはこの主張を支持したはずだ。再びボレルの言葉を援用すれば「ヴェルレーヌがマチルドやランボーや神へ自己を与えるのは、自己から逃れるためだ。自己を与えるというよりはむしろ自己を捨てるためだ。（……）愛するということはヴェルレーヌにとって本質的に保護されること、あるいは救われることである。」

自己嫌悪＝自己放棄、ここにヴェルレーヌの精神を解く鍵が隠されている。ヴェルレーヌは自己を頼まない。他者が自分を導いてくれることを望む。この傾向は、「地獄の夫」（ランボー）に唯々諸々と従う「狂気の処女」(ヴェルレーヌ)の受動性を想起すれば納得されるはずだが、この他者依存性はマチルドとの関係においてつとに現れていたのだ。次に掲げるのはすでに全文を引用したことのある、マチルドに捧げられた詩編の一部だ。

光りかがやく〈ひと〉が私の深い夜の闇のなかに、
優美さと、ほほえみと、優しさとによって、
不滅にして最初の愛の
あの光をはなった今、

やさしい炎に燃える美しい瞳よ、きみたちに案内されて、
わが手がその上でふるえることになる手よ、きみに導かれて
まっすぐに歩みたい、苔《こけ》むす小道であろうとも、

ヴェルレーヌは九歳も年下の一六歳の少女に向かって自分を導いてくれる星になってくれるように懇願しているのだ。自堕落な生活を送っていた当時の詩人にとってマチルドはたとえ希望の星に見えたとしても、ここに見られるヴェルレーヌの受動性はやはり示唆的である。ヴェルレーヌの場

合その精神において、一少女に捧げられた献身と神に捧げられた献身との間になんら変わりはない。導かれ、救われること、それが肝心なのだ。

わが神は私に言われた。「わが子よ、私を愛さなければならない。」　（Ⅳ—一）
（……）
私は選ばれてあることの恍惚《エクスタシー》と恐怖を抱いています。
私はそれに値しない人間です、しかしあなたの寛大さを知っています。
ああ　なんという努力、しかしなんという熱情！
そして私は今つつましい祈りにあふれています、あなたの声が啓示した
希望が果てしない煩悩《ぼんのう》によってかき乱されはしますけれども。
私はおののきながら憧れています……　（Ⅳ—八）

ヴェルレーヌのエロチシズム

ヴェルレーヌの回心、あるいはその信仰については感情的性格が云々されるが、確かに右の詩句などには詩人の心の高ぶりが如実に感じ取れる。いみじくもヴエルレーヌは「恍惚」(extase) という言葉を使っているが、彼の信仰は「自己の外に出て」神に

合体することを意味していたのだ。自己放棄はそのまま歓喜に通ずる。

捨てることは得ることであり、下降することは上昇することである。ヴェルレーヌの回心はパラドックスそのもののように映るかもしれないが、信仰というものの原型的なありようをなぞっているとも言えそうだ。ただちに思い浮かぶのは「マタイによる福音書」（V—三）のなかの言葉「心のまずしい人たちは、さいわいである」だ。金や権力があって自分に自信のある人はややもすれば自分を頼み、とかく神をないがしろにする。それにひきかえ、自分が貧しいことを知っている人間は謙虚であり、素直に神を受けいれる。自分の無力さを自覚している人間は神にすがるしか術がないことを知っているからだ。彼らは神の前にぬかずく。信仰においては自己の限界を知る謙虚さが重要な契機である。理性のつまずいたところから信仰がはじまる。仏教でいう「他力本願」も別のことを言っているわけではあるまい。ヴェルレーヌの回心を想うとき、『歎異抄《たんにしょう》』のなかの「善人なをもて往生をとぐ、いわんや悪人をや」という「悪人正機《しょうき》」を説く言葉がいつも私の脳裏をかすめる。

ヴェルレーヌの回心、あるいは信仰が上述のとおりであるとすれば、それはかなり危険なというか脆《もろ》い側面をもっていると言えるだろう。ヴェルレーヌの信仰は教理に裏打ちされた堅固なものではない。たぶんに神への神秘的な共感におんぶした感情的なものである。そのありようは苦行的な、持続する意志ではなく、垂直的な高揚にほかならない。この意味でヴェルレーヌの信仰は官能的なエクスタシーと通底している。ヴェルレーヌのエロスを平行的脱我体験、そのアガペーを垂直的脱我体験と見なすことができるだろう。これを要するにヴェルレーヌの信仰はエロス的であるといえようか。

してみればヴェルレーヌの信仰が容易にエロスに席を譲ることになるのは必至の勢いだ。事実、すでに見たようにリュシヤン＝レチノワの登場とともに詩人は神への愛を捨てたわけではないけれども、少年愛へ溺れ込んでしまう。リュシヤンの死によって突然終止符をうたれたこの少年愛は純粋に燃え上がったヴェルレーヌの最後の愛ではなかったか。詩魂の枯渇や信仰心の弱まりと符節を合わせるようにヴェルレーヌのエロチシズムは奈落の底にしだいに転げ落ちてゆくことになるだろう。それは「乏しき時代の詩人」の一つの悲しい末路ではある。

晩年の栄光と悲惨

すでにわれわれは一八八三年の半ばまでヴェルレーヌの人生をたどってきた。詩人はリュシヤン＝レチノワに先立たれ、パリ市役所への復職も頓挫《とんざ》した。真っ当な社会への復帰を拒まれた失意の底にある詩人はまだ三九歳。彼は「リュテス」や「黒猫」に寄稿するようになって、文学的には確実に返り咲きを果たしつつあったが、詩人のなかではなにかが崩れはじめた。心の張りが失われたといったらよいのだろうか。あれほど意気込んで帰還したパリだったが、花の都の喧噪が空しく思われてきた。心のなかの屈託をまぎらわすため、詩人はまたもやアルコールを浴びるように飲みはじめた。彼の脳裏にリュシヤンと過ごしたジュニヴィルの静かな田園生活の思い出が懐かしくよみがえってくる。喧噪のパリを離れてもう一度土に帰り、心のやすらぎを得たい。パリは息子を堕落させる悪魔の巣窟と思いこんでいる母親はこの計画に大いに乗り気だった。彼女はレチノワ夫妻と交渉し、彼らのクーロムの地所を買い取った。「呪われた詩人たち」を「リュテス」に連載中の一八八三年九月、ヴェルレーヌはだれにも告げずに首都を離れた。

再度の農耕生活

クーロムの家　ヴェルレーヌの母親が購入した

このアルデンヌでの隠遁生活は一八八五年七月まで二〇カ月余りつづいた。最初の殊勝な決意とは裏腹に、この期間ヴェルレーヌはパリにいる時よりも生活が乱れた。飲んだくれることは以前のまま、そこにさらに同性愛的放蕩《ほうとう》が付け加わった。ヴェルレーヌは自分の性癖をもう隠そうとはしなかった。彼は村の若者たちを引き連れて飲み歩き、いかがわしい関係を結んだ。それはスキャンダルだった。真っ当な社会からつまはじきされた「呪われた詩人」にはもはや失うべき見栄も外聞もなかったのだろうか。

　このクローム滞在中にはもう一つ詩人にとって忌まわしい事件が起こる。それは、またしても泥酔のあげく母親を絞め殺そうとしたことだ。一八八五年二月のことである。一六年前にも同じような事態が生じたが、第三者が介入していなかったので内輪の問題で済んだ。しかし今回は、見るに見かねた隣人が一枚嚙んでいたため表沙汰になってしまった。ヴェルレーヌは禁固一カ月の実刑判決を受け、ふたたび刑務所に舞い戻る羽目になった。

母の死

無茶苦茶な散財で切羽つまったヴェルレーヌは一八八五年六月パリに逃げ帰ってくる。母親と和解し、一一区のバスチーユに近い貧民街クール-サン-フランソワのホテル-ミディに居を定めた。母親は二階に、息子は一階に住んだ。ヴェルレーヌの部屋は床板もなく地面がむきだしの、ほとんど日もさしこまない、じめじめした部屋だった。ここに移り住んで間もなく、詩人は左脚の関節水腫症に襲われ、膝が曲がらなくなった。治療の結果は思わしくない。しばらくヴェルレーヌはベッドから一歩も離れることができなくなってしまった。

悪いことは重なるものだ。息子につききりの看病をしていた母親が流感をこじらせ一八八六年一月二一日に息を引き取った。彼女の人生は文字どおり息子に捧げられた七七年だった。ヴェルレーヌはベッドから離れることができない状態で、母親の死に目にも会えず、葬式にも立ち会えなかった。運命の皮肉と言うべきか、

ホテル-ミディ　クール-サン-フランソワ

ヴェルレーヌ家を代表して弔問客の応接に当たったのは故人が嫌っていたマチルドだった。別れた妻は葬式の間に夫の生活ぶりや派手な散財ぶりなどの噂を小耳にはさんだ。夫がこれまで息子のジョルジュの養育費を一銭も払ってこなかったのは不当だと判断した。詩人がとどこおっていた一二年分の息子の養育費や葬式の費用やほうぼうの借金などを清算すると、残り少なくなっていたヴェルレーヌの母親の財産はほとんどなくなってしまった。四二歳のヴェルレーヌは親もなく、妻もなく、子もなく、財産もなく人生にほうりだされることになった。糊口《ここう》をしのぐにはもう筆一本しか残されていない。

売文家としての晩年

奇《く》しくも一〇年後の一月にヴェルレーヌはこの世を去ることになるのだが、常識的にはこの最後の一〇年を「晩年」と呼ぶのはいかにも早すぎる。われわれはなにも最後の一〇年だからという理由だけで「晩年」と呼ぶわけではない。仕事の質の観点からもそこには明らかに急激な下降線を認めることができるのだ。

ヴェルレーヌの場合、若い頃からの暴飲や荒淫のつけでもあろうか、歳よりも早く「老い」がその肉体を蝕みはじめたが、精神的（文学的）にもその兆候が現れはじめた。『ロマンス』と『知恵』を頂点としてその後のヴェルレーヌの詩的創造力は急激に低下する。もっとも詩泉が涸れてしまったというわけではない。その水がとみに濁りはじめたのだ。前にも注意したようにヴェルレーヌは天性の詩人であり、詩が書けなくなるということはない。詩はいくらでも書けるが、その質が問題になる詩人だ。ランボーは二〇歳を過ぎると忽然として詩作の筆を折ってしまった。そのいさぎよい詩的沈黙。四〇歳を過ぎてからのヴェルレーヌの詩的饒舌《じょうぜつ》はもしかすると引き延ばされた詩的自殺ではなかったのか。

「晩年」の一〇年、ヴェルレーヌは書きまくった。まず第一に、文名が高まるにつれ詩や散文を発表する機会が多くなったからだ。その経緯については第I章ですでに触れる機会があった。当時澎湃《ほうはい》と起こってきたデカダンス運動のパイオニアとして「呪われた詩人」は一躍脚光を浴びたのだ。ヴェルレーヌは「リュテス」や「黒猫」などの前衛的な雑誌を中心に精力的な執筆活動を展開する。また、ヴァニエという出版社のお抱え詩人的存在になり、生活のために詩を金に換えたという事情もある。

それまでのヴェルレーヌは五冊の詩集がすべて自費出版ということからも分かるように詩や文章を書いても印税や原稿料がはいってくるわけではなかった。彼のお金の出所は母親の懐であった。しかし母親が亡くなってから詩人は筆一本で稼がねばならなくなった。アマチュア時代に比べて作品の質が保てないのはいたしかたないが、それにしても作品数の増大と反比例するように佳品が激減していったことは残念ながら認めないわけにはいかないだろう。

とまれ、晩年のヴェルレーヌの量産ぶりは目を見はるばかりだ。ちなみに、次に『知恵』以降の詩集と著書を年代順に列挙しておこう。

一八八四年　四月　　『呪われた詩人たち』
八五年　一月　詩集『昔と近ごろ』
八六年一一月　『ある男やもめの思い出』
八八年　三月　詩集『愛』
　　　　八月　増補版『呪われた詩人たち』
八九年一〇月　詩集『平行して』
九〇年一二月　『献呈詩集』
　　　　同月　詩集『女たち』（秘密出版）
九一年　六月　詩集『幸福』
　　　一二月　詩集『彼女のための歌』
九二年　一月　『わが病院』
　　　　四月　詩集『内なる礼拝』
九三年　五月　詩集『悲歌』
　　　　同月　詩集『彼女を讃えるオード集』
　　　　六月　『わが牢獄』

一二月　『オランダ二週間』
九四年　五月　詩集『冥府にて』
一二月　詩集『エピグラム』
九五年　三月　『懺悔録』

見られるとおり、ほぼ年二冊のペースだ。これ以外にもかなりの量の作品が雑誌に発表されたことを考慮すれば、いかに筆の早いヴェルレーヌとはいえその筆がすさんでくるのは避けがたいだろう。それでも間にあわず捨ておかれていた旧稿を引っ張り出して埋め草にする事態に追い込まれることも多くなった。前記の詩集がこれまで詳しく俎上に載せてきた五つの詩集に付け加えるものが皆無であったとは言わないが、見るべき新境地を切り開いたとはとうてい思えない。少し酷な言い方をすれば、晩年のヴェルレーヌは売文家——いや売詩家——であったと言えようか。

陋屋《ろうおく》と病院を行き来して

一八八六年七月、ヴェルレーヌは左脚の潰瘍《かいよう》のためトゥノン病院に入院した。この病院はペール-ルーラシェーズ墓地の近く、メニルモンタンにあり、当時パリで一番近代的な病院と言われた。クールーサン-フランソワの陋屋《ろうおく》よりはるかに快適で、居心地がよかった。デカダン派の若い詩人たちが大勢見舞いにやってきた。詩人はいつまでも留まっていたかったろうが、一と月半ほどで退院しなければならなかった。

当時のパリの病院　共同病室

このトゥノン病院を皮切りに晩年のヴェルレーヌの病院遍歴がはじまる。彼が世話になった病院をあげれば次のとおりだ。ブルーセ病院、コシャン病院、ヴァンセンヌ施療院、聖アントワーヌ病院、聖ルイ病院、ビシャ病院。最後の三つ以外は二度ないしはそれ以上利用している。ヴェルレーヌはこれから死ぬまで二〇回近く入・退院を繰り返すが、その入院日数を合計すると一二四九日に達する（とりわけパリ南端にあるブルーセ病院は常連みたいなもので、締めて九三九日入院している）。つまりほぼ三年半病院で過ごしたことになる。ということは約三日に一日は病院のお世話になっていたわけで、治療のため病院にいたというよりは、生活するためにいたといった方が当たっているかもしれない（以上ジャン＝リシェの資料「病院でのヴェルレーヌ」による）。

監獄も住めば都にしてしまう、無類に環境への順応性に恵まれたヴェルレーヌである。病院を快適なホテルに変えてしまうのはお手のものであろう。医師や職員たちもこの有名人の名物患者を大目に見た。たとえば消灯時間を過ぎてもヴェルレーヌは読書や執筆を許された。あるいは病院を抜け出して飲みに行くこともあったらしい。悲しいことではあるが、晩年のヴェルレーヌにとって病院は静かなやすらぎの場であったようだ。

晩年のヴェルレーヌは病院を転々と移ったように、住まいも何度も変えている。バスチーユに近いクール-サン-フランソワは一二区だが、そのあとは主にカルチエ-ラタンのなかを転居している。サン-ミシェル広場に近いラ-アルプ通り六番地。サン-ジャック通り二一六番地。ヴォジラール通り四番地。サン-ジャック通り二一〇番地。同一八七番地など。詩人の足取りを追うと、ヴェルレーヌがパリの裏町をいかに愛していたかがよく分かる。

カザルス

最後の青年カザルス

一八八七年はヴェルレーヌの生涯で最悪の年と言えるだろう。彼は乞食同然の境遇で、四月には自殺を図った。

しかし困窮で苦しんでいた詩人はオーギュスト＝フレデリック＝カザルスに出会った。カザルスはダンディーな二二歳のデッサン画家だ（彼はヴェルレーヌのデッサンを何枚も描くことになるだろう）。ヴェルレーヌはまたしても友情を越えた愛を感じたが、カザルスはその気《け》はなかったので「美しい友情」に終始した。この青年はヴェルレーヌが情熱的に愛した最後の青年だった。

思えば、ヴィオティ、ランボー、レチノワ、カザルスとヴェルレーヌはなんと劇《はげ》しく、身を焦がすような情熱的な愛を生きたことか。確かに、それは同性に向けられた「普通でない」愛であったかもしれないが、その愛の純粋さには胸を打たれ、このような愛の表現を無下に糾弾するのがはばかられるほどである。「乏しき時代の詩人」の一人であるヴェルレーヌは神の代わりに人間的な愛のなかに「架空の権威」の幻影を追いつづけたのだろうか。

二人の娼婦

ヴェルレーヌが懐かしがり、その動静を気にしつづけたランボーが一八九一年に三七歳の若さで死んだ。奇《く》しくも、この頃から二人の女性がヴェルレーヌの生活に深く関わってくるようになる。

一人はエステルことフィロメーヌ＝ブーダン。ヴェルレーヌはこの女とは一八八七年にはじめて出会った。彼女は三〇は越えていたかと思われるが、年よりずっと若く見え、なかなか色っぽく魅力的だった。陽気でさっぱりした女だったが、浮気っぽいのと金遣いの荒いのが玉に傷だった。ヴェルレーヌと同郷で、詩人はこの女がお気にいりだった。結婚してもいいとさえ思ったくらいだ。フィロメーヌの方は情夫《ひも》とつるんで詩人を食い物にしたけれども。

もうひとりはウージェニー＝クランツ。この女とは一八九一年に知り合った。昔は舞台女優や踊り子をやっていたこともあったらしいが、今や見る影もない姥桜《うばざくら》。とっくに四〇の坂は越えていて、すでに娼婦稼業からは足を洗い、裁縫で生活していた。利口でしっかり者だが、嫉妬深くて性質が悪かった。しかし家事の切り盛りは上手で、家庭的な女だった。

女たちの狙いがもっぱら自分の金にあるのは詩人もよく心得ていたが、今や左脚の病状が悪化し、杖にすがらなければ歩行もままならぬ体、身の回りを世話してくれる人間がどうしても必要だった。フィロメーヌとウージェニーの鞘当《さやあ》て。二人の女の間をブランコのように揺れ動くヴェルレーヌ。フィロメーヌに入れ知恵する情夫。「ヴェルレーヌの秘書」を自認し、メッセンジャーボーイと、二人の女を尾行する探偵の二役をつとめた、カルチエ＝ラタンの名物乞食ビビ＝ラ＝ピュレ（ヴェルレーヌはこの男ともいかがわしい関係をもったらしい）。この五人の男女が演じるドラマは笑いとペーソスにあふれる裏町の人情劇を思わせるが、一番貧乏籤《くじ》をひいたのはヴェルレーヌだった。原稿料や講演料は二人の女に巻き上げられヴェルレーヌの財布はいつも軽かった。

フィロメーヌとウージェニーの間を行きつ戻りつするヴェルレーヌについてプチフィスは次のように述べている。

「一方の女にはきまぐれな気分、他方には義務。ヴェルレーヌは熟年に達してから、あたらしい様相で、彼の青年期を引きさいた葛藤をふたたび見出す

晩年のヴェルレーヌ　カフェ・フランソワ一世

ことになる。ランボー（狂おしいまでの自由、気まぐれ、冒険）とマチルド（義務、秩序、安心な仕来り）との間で引っぱり合いになったのと同様に、彼は〈気にしない女＝フィロメーヌ〉と、〈しっかり者＝ウージェニー〉との間で引っぱり合いにあうだろう。彼の心の平衡のためには、彼は二人の女を同時に必要とするだろうが、それはむかしマチルドとランボーが同時に彼には必要だったことと同じである。／その結果も同じことだ。つまり新たなる十字架の道行き。」

要するに『彼女のための歌』の二三歌でヴェルレーヌ本人が確認しているように彼は「女運が悪かった」ということなのだろう。自由気ままに生きながらも、しっかりと自分を迎えてくれる家庭のぬくもりややすらぎへの憧れ。わが身を顧みずヴェルレーヌがあれほど農耕生活に執着したのは、もしかすると母なる大地のどっしりとした安定性に心ひかれたからではなかったのか。

「酔っぱらった神」

ヴェルレーヌは生前からすでに伝説的人物だった。異様な風貌。酒と女にただれた生活。ソドミーのスキャンダル。デカダンスを地で行くような生き方は人びとの好奇心をあおるのに十分だった。ヴェルレーヌに親しく接している人びとはそのただならぬ外観の奥に子供のような純真さを感じ取ることができたかもしれないが――カザルスは年配の友人を適切にも「手におえない無邪気な老いたる子供」と評した――、遠巻きに観察する人には嫌悪と不快の念をもよおさせたにちがいない。たとえばここにジュール＝ルナールのコメントがある。

『にんじん』の作者は一八九二年三月八日の「プリュム」誌主催の宴会で目撃したヴェルレーヌの印象を日記のなかにこう記している。

「怖るべきヴェルレーヌ――ソクラテスにして汚れたディオゲネス、犬にしてハイエナだ――、彼はひどく身を震わせながら、人が彼のために後ろから差し出してくれる椅子に崩れるように身を沈める。おお！　まさしく象を思わせる鼻や、眉や、額がつくるあの笑い……彼は酔っぱらった神に似ている。よれよれの礼服の上には――黄色いネクタイ、何箇所も肌にひっついているにちがいないオーバー――壊れた切り石のような顔。」

ヴェルレーヌ自身サービス精神を発揮して世間の期待に答えて、露悪的＝挑発的に振舞った形跡がなきにしもあらずだ。彼は世間に対して斜《しゃ》に構える。たとえば、第Ⅰ章で紹介した一八九一年のジュール＝ユーレのアンケート「文学の進化について」のなかでの応答。ユーレに象徴主義の定義を求められると、象徴派のパイオニアはさもびっくりしたように答える。「象徴主義（サンボリスム）だって？……なんのことかね……そいつはドイツ語じゃないのかね。（……）要するに、シンバル叩き（サンバリスト）には胸がむかつくね！」（象徴主義がドイツ的性格を帯びていたことはすでに指摘した。おどけてみせてはいるがさすがにヴェルレーヌ、押さえるべきところは押さえている）

しかしながら具眼《ぐがん》の士はヴェルレーヌの破滅的＝退廃的なデカダンスのなかに現代社会における詩人の勇気ある選択を見た。その一人がマラルメである。前記のアンケートでマラルメは盟友の生き方を次のように評している。「その態度は人間としてもまた作家としても実に見上げたものだと思います。なぜなら、あのように誇り高く、あのように申し分なく勇敢に振舞いながら、あらゆる苦悩を人びとに受けいれさせることは、詩人が社会の除け者《のけもの》である時代において詩人が取りうる唯一の態度であるからです。」

外国講演、そして「詩王」

ヴェルレーヌの名声はついに国境を越えた。フランスの「大詩人」の評判は日に日に高まる。その証拠に、一八九二年から九三年にかけて詩人は国外への講演旅行を精力的にこなしている。まず手始めは一八九二年一一月、オランダ。ついで一八九三年二月、ベルギー。最後に同年一一月、ロンドン、オックスフォード、マンチェスター。詩人は各地で大歓迎を受けた。講演の内容はいつも似たりよったりで、ときどき自分の作品を交えながらのフランス現代詩の概観・紹介だった。ぼそぼそと語られる講演は聞き取りにくく、お世辞にもうまいとは言いがたいものだったが、独特な風貌がものをいってまあまあの評判だった。とりわけ曾遊《そうゆう》の地、英国での滞在は印象深く、アーサー＝シモンズをはじめとして彼の地の多くの文学者と親交を結んだ（ヴェルレーヌは英国で最も人気のあるフランスの詩人の一人になるだろう）。かなりの講演料を手にしたが、いつもヴェルレーヌの懐にははいってこなかった。

外国講演の間を縫ってまたまたヴェルレーヌはスキャンダルの種を提供した。一八九三年三月にテーヌが死んで、アカデミー＝フランセーズの椅子が一つ空いた。なにを思ったのかヴェルレーヌは立候補を表明した。オランダとベルギーでの歓迎ぶりに気をよくし、国民的詩人という幻想を抱いたのだろうか。このニュースはジャーナリズムやカルチエ＝ラタンを大いに喜ばせた。一八九四年五月に行われた投票でヴェルレーヌは一票も取れなかった。

しかし、すぐに詩人を慰めるニュースが舞い込む。ヴィクトル＝ユゴーのあとを受けて「詩王」の地位にあったルコント＝ド＝リールが七月に死に、この権威ある称号をヴェルレーヌが継ぐことになる。大勢の文学者に対してなされたアンケート形式の投票の結果、ヴェルレーヌが七七票でトップを占めたのだ。ちなみに以下上位三名をあげれば三八票のエレディヤ、三六票のシュリ＝プリュドム、三六票のマラルメ。この票の分布を見てもヴェルレーヌの人気のほどが知れるだろう。

最後の日々

世間的には最晩年のヴェルレーヌは栄光に包まれていたかもしれないが、その台所は相変わらず火の車だった。文部省に助成金を申請したり、彼の窮状を見るに見かねた友人たちの財政的援助を仰がなければならなかった。フィロメーヌとウージェニーとの三角関係も相変わらずだった。左脚の具合も思わしくなく、入院と退院を繰り返していた。尻軽女や焼餅女といるよりは病院にいる方が心が休まる思いだったにちがいない。しかし、先行きを考えたのだろうか、詩人は最終的には家政向きのウージェニーを選ぶことになる。一八九五年九月末、二人はパンテオンの裏手のデカルト通りの2DKの質素な住まいに移った。

二五歳のポール＝ヴァレリーはこの頃のヴェルレーヌを目撃している。未来の大詩人はその印象を次のように綴っている。

「私はほとんど毎日のように彼が通り過ぎるのを目にした。そのとき、彼は自分のグロテスクな洞窟を出て、しきりに身振りをしながら、理工科学校の方にある安食堂に行くところだった。この呪われた人、この祝福された人は足を引きずりながら、浮浪者や体の不自由な人に似つかわしい重い杖で地面をたたいていた。惨めななりをし、もじゃもじゃの眉毛におおわれた目をらんらんと光らせて、彼はその荒々しい威厳と途方もない話をがなりたてることで道行く人をおどろかせていた。友人たちに囲まれ、一人の女の腕に身をもたせて彼は道をたたきつけながら、ささやかな敬虔な親衛隊に話しかけていた。彼はだしぬけに立ち止まったかと思うと、狂ったように罵詈雑言《ばりぞうごん》に身をまかせる。それからこの騒々しい連中は動き出す。ヴェルレーヌとその一団は木靴と棍棒の重苦しい音を響かせながら遠ざかっていくのだが、詩人は猛烈な怒りに襲われ、その怒りは時には奇跡のようにおさな子の笑いにも似た新鮮な笑いに変わるのだった。」（「ヴェルレーヌの通行」）

秋が深まるとともにこんなおどろおどろしいヴェルレーヌの姿をカルチエ-ラタンの裏町に見かけることもしだいに稀になってくる。ヴェルレーヌ家にとっては縁起の悪い冬がやってくる。思えば父親は一二月の三〇日に、母親は一月の二一日に死んだ。ヴェルレーヌは一二月にはいると体調がおもわしくなくなった。左脚が膨れ、お腹が異常に張ってきた。詩人は不吉な予感に襲われたにちがいない。もう死期が近いのかもしれない。

一八九六年一月七日の深夜、ヴェルレーヌは熱にうなされた。身を起こそうとしてベッドから滑り落ち、そのまま床に倒れたままだった。ウージェニーが気づいて病人をベッドに戻そうとしたが、女ひとりの力に余った。ありあう毛布や羽根布団を病人の上にかけて夜明けを待った。ウージェニーが隣人の助けを借りて、病人をベッドに戻したときはもう手遅れだった。気管支性肺炎。懺悔する時間もなくかろうじて終油の秘跡を受けて詩人は息を引き取った。「フランソワ」という謎めいた言葉を残しながら。一〇年前の、同じ一月にクール-サン-フランソワで死んだ母親のことが意識をかすめたのだろうか。ヴェルレーヌが恐れていたように病院のベッドで死を迎えなかったことだけがせめてもの救いであった。享年五二歳。

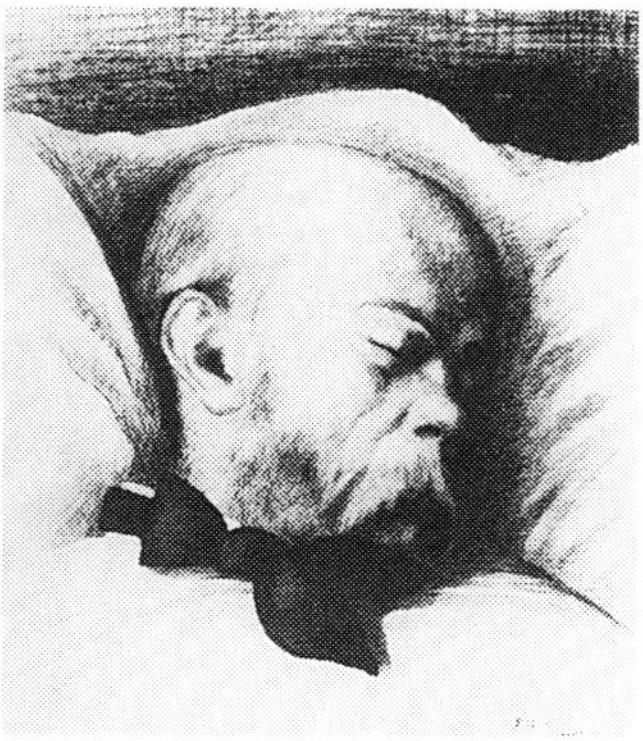

死の床のヴェルレーヌ
カザルス筆

「ヴェルレーヌ死す」というニュースはあっというまに広まり、外国の新聞も大きく報道した。弔問客はあとを絶たず、デカルト通りの狭い自宅はごったがえした。一月一〇日にサン-テチエンヌ-デュ-モン教会で葬儀が執り行われた。威儀をただした紳士たちの居並ぶ場違いな盛大な葬儀に界隈の人びとは目を丸くした。葬列はサントージュヌヴィエーヴの丘からパリの中心のカルーゼ

ヴェルレーヌが息を引き取ったアパルトマン
デカルト通り39番地

ル広場に出て、オペラ通りをたどり、故人がむかし住んだことのあるバチニョル地区を抜け、クリシー大通りを進み、パリ北端のバチニョル墓地にたどりついた。葬列は途々多くの人びとに迎えられた。墓前でコペー、カーン、マラルメ、モレアスらが心のこもった弔辞を述べた。パリの陋屋での惨めな死と多くの人びとが参列した葬儀——「二重の人」ヴェルレーヌにふさわしい最期だったと言えようか。

　ヴェルレーヌの五二年の生涯は外目には自堕落な、破滅的な、退廃的な人生と映るかもしれないが、本質においてポエジーとエロスに捧げられたひたむきな純情な人生であった。その清濁あわせ飲む壮絶な生き方を思うとき、私の脳裏になぜか仏教徒が神聖視する蓮華《れんげ》のイメージが去来する。蓮は濁水のなかにあってもなお高貴な花を咲かせるという。

あとがき

本書の狙いや抱負については「はじめに」に述べたとおりである。所期の目的がどこまで果たされたかは読者の判定を待つしかないが、全力投球したあとの満足感はある。ヴェルレーヌ論としてはランボーやマラルメへの言及が多いと感じられる向きもあるかも知れない。筆者がこの二人の詩人にも強い関心を寄せていたからという事情もなくはないが、むしろ意図的だったと思っていただきたい。外の視点、あるいは複眼的な視点を導入して、より客観的なヴェルレーヌ像を結びたいと考えたのだ。

引用したヴェルレーヌの詩編はすべて筆者の訳出したものである。原詩の雰囲気を伝えるために平易な口語訳を心がけた。

出典を指示する場合、巻末の「参考文献」に載せてあるものについては、必要がない限り著者名を挙げるにとどめた。

筆者の今の関心は本書では簡単に触れることしか出来なかったヴェルレーヌの晩年にある。エロスの地獄を生きた人間の悽愴《せいそう》な歌に心をひかれる。他日を期したいと思う。

本書が成るについては多くの方々のお世話になった。本書の執筆をお勧めくださった辻昶先生に厚くお礼申し上げます。また、文献の蒐集やその他で色々とお世話になった京都大学の稲垣直樹氏に深く感謝します。さらに、本書を執筆する機会を与えてくださり、お便りやお電話で励ましてくださった清水書院の清水幸雄氏、編集の段階で適切な指示と助力をいただいた徳永隆氏に心から感謝します。

一九九三年七月

野内良三

ヴェルレーヌ年譜

西暦	年齢	年譜	参考事項
一八四四		3・30、メッスでポール＝ヴェルレーヌ誕生。	
五一	7	父ニコラ＝オーギュスト＝ヴェルレーヌ大尉退職。一家はパリに移住。	12月、ルイ＝ナポレオンのクーデタ。
五二	8		12月、第二帝政始まる。
五三	9	ヴェルレーヌ、ランドリー学院入学。	オスマンのパリ改造計画始まる。
五四	10	未来の妻マチルド＝モーテ誕生。	アルチュール＝ランボー誕生。
五五	11	リセ-ボナパルト（現リセ-コンドルセ）に入学。	パリ万国博開催。
五七	13		ボードレール『悪の華』
五八	14	処女詩編をヴィクトル＝ユゴーに送る。	
五九	15		安政の大獄おこる。
六〇	16	終生の友エドモン＝ルペルチエを識る。この年から次の年にかけてボードレールの『悪の華』を読む。	
六二	18	バカロレア（大学入学資格試験）に合格。	ユゴー『レ・ミゼラブル』
六三	19	8月、「進歩評論」誌に詩編「プリュドム氏」を発表。ヴェルレーヌの活字になった最初の作品。	マネ「草上の昼食」
六四	20	最初、保険会社にはいったが、間もなくパリ市役所にはいる（一八七一年まで勤務する）。	

一八六五	21	「進歩評論」の後継誌「芸術」に熱烈なボードレール論を3回にわたって掲載。	
六六	22	『サチュルニヤン詩集』刊行。	第一次『現代高踏詩集』
六七	23	2月、エリザ＝モンコンブル死去。	ボードレール死去。
六八	24		明治維新。
六九	25	2月、『雅なうたげ』印刷完了（3月刊行）。 6月末、マチルド＝モーテを識り、10月に婚約。	スエズ運河開通。
七〇	26	6月、『よい歌』印刷完了（世情不安定のために刊行は一八七二年となる）。 8月、マチルドと結婚。 9月、国防軍守備隊に志願して入隊。	7月、普仏戦争勃発。
七一	27	3～5月、パリ＝コミューンを支持。ヴェルサイユ政府の指示を無視してパリに留まり、パリ＝コミューンに協力する。コミューン崩壊後、残党狩りを恐れて、一時パリを離れ田舎に身を潜める。 9月、ランボー上京。 10月、息子ジョルジュ誕生。	ゾラの「ルーゴン＝マッカール双書」の刊行始まる。
七二	28	マチルドとの仲険悪となる。 7月、ランボーと手を携えてパリをあとにし、ベルギーとロンドンで生活する。	
七三	29	7月、ブリュッセル事件おこす。 8月、懲役2年の実刑判決を受け、モンスの刑務所に移さ	ランボー『地獄の一季節』

一八七四	30	れる。 3月、『ロマンス-サン-パロール』印刷完了。 4月、マチルドの要求どおり離婚が認められる。 6月、回心。	第1回印象派美術展開催。
七五	31	1月、出所。 3月末ごろ、英国リンカン州のグラマースクールの教師となる。	第三共和国憲法公布。
七六	32	9月、英国南部ボーンマスのセント-アロイジウス学院の教師となる。	マラルメ『半獣神の午後』
七七	33	10月、ベルギーに近いルテルの中学校教師となる。	西南の役おこる。
七八	34	夏、モーテ家を訪れ、息子ジョルジュに会う。教え子のリュシヤン＝レチノワを熱愛。	パリ万国博開催。
七九	35	8月、ルテルの中学を辞職。レチノワと英国に渡る。二人は別々の学校で強鞭をとったが、年末には英国を去る。	
八〇	36	3月、ルテルに近いジュニヴィルに土地を購入し、レチノワと農耕生活を始める。 12月、『知恵』出版。	ゾラ『実験小説論』
八二	38	年頭にジュニヴィルの農園を売却してパリに戻り、文壇への返り咲きを図る。 前衛誌「パリ-モデルヌ」「新左岸」に寄稿。 10月、「詩法」を発表。	
八三	39	4月、レチノワ死去。	

		5月に「黒猫」誌に発表された「ものうさ」がデカダンス運動に大きな波紋を投じる。 9月、クーロムで再び農耕生活を始めるが、放蕩ぶりで村人の顰蹙をかう。	
一八八四	40	4月、『呪われた詩人たち』刊行。	ユイスマンス『さかさま』
八五	41	1月、詩集『昔と近ごろ』刊行。 3月、クーロムの土地売却。母親への暴行のかどで懲役一カ月の実刑判決。 6月、バスチーユに近い貧民街クール＝サン＝フランソワのホテルに移る。左脚不調となる。	ユゴー死去。
八六	42	1月、母死去。 4月ごろ、若いデッサン画家カザルスを識る。 7月、左脚の潰瘍のためトゥノン病院に入院。これを皮切りに、以後病院遍歴が始まる。 11月、『ある男やもめの思い出』刊行。	ジャン＝モレアス「象徴主義宣言」
八七	43	4月、貧困を苦にして自殺未遂。	エッフェル塔の建設始まる（八九年に完成）。
八八	44	3月、詩集『愛』刊行。 8月、増補版『呪われた詩人たち』刊行。	
八九	45	10月、詩集『平行して』刊行。	ブーランジェ事件おこる。 大日本帝国憲法発布。
九〇	46	12月、『献呈詩集』、詩集『女たち』（秘密出版）刊行。	第一回メーデー行われる。
九一	47	6月、詩集『幸福』刊行。	ランボー死去。

		12月、詩集『彼女のための歌』刊行。 この年から、二人の娼婦、フィロメーヌ＝ブーダンとウージェニー＝クランツとの腐れ縁が始まる。	
一八九二	48	1月、『わが病院』刊行。 4月、詩集『内なる礼拝』刊行。 11月、オランダへの講演旅行。	パナマ事件おこる。 アナーキズム運動盛んになる(～九四)
九三	49	2～3月、ベルギーへの講演旅行。 5月、詩集『悲歌』、詩集『彼女を讃えるオード集』刊行。 6月、『わが牢獄』刊行。 11～12月、イギリスへの講演旅行。 12月、『オランダ二週間』刊行。	
九四	50	5月、詩集『冥府にて』刊行。 8月、ルコント＝ド＝リールのあとを襲い「詩王」に選ばれる。 12月、詩集『エピグラム』刊行。	ドレフュス事件(～一九〇六)。 日清戦争おこる(～九五)。
九五	51	3月、『懺悔録』刊行。	
九六	52	1・8、気管支性肺炎のため、デカルト通りのアパルトマンで死去。	

参考文献

●作品の主な翻訳

『ヴェルレーヌ詩集』 堀口大学訳（新潮文庫） ―― 新潮社 一九五〇
『ヴェルレーヌ詩集』 鈴木信太郎訳（岩波文庫） ―― 岩波書店 一九五二
『ヴェルレーヌ詩集』 橋本一明訳（角川文庫） ―― 角川書店 一九六六
『世界文学大系43』（マラルメ ヴェルレーヌ ランボー） ―― 筑摩書房 一九六二
『世界名詩集大成3 フランスII』 ―― 平凡社 一九六二

●伝記・研究書など

『ヴェルレエヌ研究』 堀口大学著 ―― 第一書房 一九三三
『ポール・ヴェルレーヌ』 ピエール・プチフィス著 平井啓之・野村喜和夫訳 ―― 筑摩書房 一九六八
『土星びとの歌――ヴェルレーヌ評伝』 山村嘉己著 ―― 関西大学出版部 一九九〇

●ヴェルレーヌの著作（原書）

Verlaine, Œuvres poétiques complètes, Bibliothèque de la Pléiade, Gallimard, 1962 (Texte établi et annoté par Yves-Gérard Le Dantec; édition révisée, complétée et présentée par Jacques Borel).
Verlaine, Œuvres en prose complètes, Bibliothèque de la Pléiade, Gallimard, 1972 (Texte établi, présenté et annoté par Jacques Borel).
Œuvres poétiques de Verlaine, Edition de Jacques Robichez, Garnier, 1969.
Correspondance de Paul Verlaine, éditée par Ad. Van Bever, 3 volumes, Messein, 1922/1923/

1929.

●伝記・研究書など（原書）

Antoine Adam: Verlaine, l'homme et l'œuvre, Collection «Connaissance des Lettres», Hatier-Boivin, 1953.

Jacques-Henri Bornecque: Verlaine, «Ecrivains de toujours», Seuil, 1966.

Francis Carco: Verlaine, poète maudit, Albin Michel, 1948.

Edmond Lepelletier, Paul Verlaine, sa vie, son œuvre, Mercure de France, 1907.

Jean Mourot: Verlaine, «Phares», Presses Universitaires de Nancy, 1988.

Octave Nadal: Paul Verlaine, Mercure de France, 1961.

Pierre Petitfils: Verlaine, «Les vivants», Juilliard, 1981.

Jean Richer: Paul Verlaine, «Poète d'aujourd'hui», Seghers, 1953(1990).

Paul Soulié-Lapeyre: Le Vague et L'Aigu dans la perception verlainienne, Nice, Les Belles Lettres, 1975.

Georges Zayed: La Formation littéraire de Verlaine, nouvelle édition augmentée, Nizet, 1970.

Eléonore M. Zimmermann: Magies de Verlaine, Corti, 1967.

さくいん

【人名】

【事　項】

【詩名・書名】

ヴェルレーヌ■人と思想121　　定価はカバーに表示

1993年11月15日　第1刷発行©
2016年8月25日　新装版第1刷発行©

・著　者 ……………………………… 野内《のうち》　良三《りょうぞう》
・発行者 ……………………………… 渡部　哲治
・印刷所 ………………………… 広研印刷株式会社
・発行所 ……………………… 株式会社　清水書院

〒102-0072　東京都千代田区飯田橋3-11-6
Tel・03(5213)7151～7
振替口座・00130-3-5283
http://www.shimizushoin.co.jp

CenturyBooks

Printed in Japan
ISBN978-4-389-42121-2

Century Books

清水書院の〝センチュリーブックス〟発刊のことば

近年の科学技術の発達は、まことに目覚ましいものがあります。月世界への旅行も、近い将来のこととして、夢ではなくなりました。しかし、一方、人間性は疎外され、文化も、商品化されようとしていることも、否定できません。

いま、人間性の回復をはかり、先人の遺した偉大な文化を継承して、高貴な精神の城を守り、明日への創造に資することは、今世紀に生きる私たちの、重大な責務であると信じます。

私たちがここに、「センチュリーブックス」を刊行いたしますのは、人間形成期にある学生・生徒の諸君、職場にある若い世代に精神の糧を提供し、この責任の一端を果たしたいためであります。

ここに読者諸氏の豊かな人間性を讃えつつご愛読を願います。

一九六七年

SHIMIZU SHOIN